（戯曲）

法王庁の避妊法

増補新版

飯島早苗／鈴木裕美
IIJIMA Sanae　SUZUKI Yumi

論創社

法王庁の避妊法

目　次

カバー写真／水谷　充
装幀／鳥井和昌

はじめに

「オギノ式」というと、古くさくて、ちょっとエッチで、随分と滑稽な単語という認識があります。あんまり実用的でない避妊法という印象です。もしかすると、若い世代はこの言葉を知らないかもしれません。

この戯曲は、その「オギノ式」の荻野久作博士の物語です。

舞台は大正の終わり、新潟のある病院の産婦人科。荻野久作は、産婦人科医をしながら、「女性の排卵はいつ起こるのか」という謎に——今では中学生の教科書にも載っているような排卵と月経の関係が、当時は学界最大の謎だったのです——挑みました。地方の病院で臨床医をしながら、十分な研究設備も、研究のための時間もない中で、彼は自分なりの方法で研究を続けます。

彼は、日々の診療の中で研究のための症例を集めました。患者の女性たちに「お父ちゃんと仲良くした日はどの晩だった?」と尋ねて目を白黒させたり、自分の奥さんに「研究の為に月経の記録をつけてくれ」と頼んだり、それどころか自分たちの夫婦生活と妊娠の記録までも、自分の論文に発表してしまったりするのです。奥さんにしてみたら、いくら学界最大の謎を解くためとは言え、たまったものではなかったでしょう。特に大正時代の日本女性です。とんでもないところに嫁に来てしまったと思ったに違いありません。が、やがて久作はその大きな謎を解くことになります。

荻野久作の発表した論文は、世界に驚嘆を持って認められることになりました。そして、自然の摂理に逆らわない避妊法として、カトリックのローマ法王庁が認めた唯一の避妊法となりました。これがタイトルの意味です。

なお、戯曲『法王庁の避妊法』は篠田達明氏の小説『法王庁の避妊法』（文芸春秋刊）を元にしています。

※この作品には史実とは異なる創作の部分があることをおことわりいたします。

法王庁の避妊法

登場人物

荻野久作　産婦人科医
古井半三郎　久作の助手
高見詠一　外科医
野村佐吉　ハナの夫

荻野とめ　久作の妻
野村ハナ　患者
津島より子　新任の看護婦
酒井キヨ　患者

場面

大正の中頃
新潟、竹山病院、産婦人科

一幕
一場　春、朝
二場　翌年の夏、昼休み前
三場　秋、夕暮れから夜

二幕
一場　春、夕方
二場　夏、昼休み前
三場　秋、夜
四場　冬、夕方

第一幕

第一場　春

大正の中頃。

主人公、荻野久作が勤務している、新潟市内の竹山病院産婦人科。

上手側が診察室、扉を隔てて下手側に待合室がある。

診察室の上手の端に、処置室に続く扉。奥の壁には、庭が見える窓と、庭に出られる扉がある。

待合室の下手端には廊下に続く扉。


朝、診療開始前。

病院の中はまだ静まり返っている。窓に掛かったカーテンも閉まったままである。

診察室に置かれた机で、産婦人科医長である荻野久作が研究資料やノートと格闘している。

昨夜から徹夜で研究をしていたようである。しかし、久作はすでに朝になっているこ とに気づいていない。

待合室のドアから、古井半三郎が入ってくる。

半三郎は久作の助手である。きっちりと白衣を着て、いかにも実直そうな感じ。

新潟医大の研究室にいるのだが、久作の助手もしている。敬虔なクリスチャンでもある。新潟生まれの半三郎は、感情が昂ぶった時や、地元の患者さんと親しく話す時などには、新潟弁が出ることがある。

半三郎は、診療が始まる前に、尊敬する荻野先生の診察室を掃除しておこうと考えて、朝早くやって来たのである。

桜の花の枝をさした花瓶を持っている。

待合室のカーテンを開けていき、診察室に入る。

と、そこに机の前に座る久作がいるのを見て驚く。

半三郎　荻野先生……お早いですねぇ。ほら、桜です。家の庭に咲きました。先生はお花見するお暇もないですから、せめてと思いまして。
久作　（資料から目を離さずに）ああ、古井くん、まだいたんですか。今日はもう帰って結構ですよ。ご苦労さまでした。

半三郎　先生……あの、今来たところなんですが。
久作　（どういう意味か判らない）……なんで今来たんですか。
半三郎　もうじき診療時間ですから。おはようございます。
久作　（つられて）おはようございます。

半三郎、診察室のカーテンを開ける。部屋の中に朝日が差し込んでくる。
半三郎、ようやく気づいて、

半三郎　先生！　また研究で徹夜ですか？
久作　……夜が明けていたとは気づきませんでした。
半三郎　（ひどく感服して）さすが先生です。稀に見る超人的な体力と集中力です。
久作　いやいや。
半三郎　僕は先生のお手伝いができて、これ以上の幸せはありません。これも神の思し召しです。僕は一生を先生の研究のお手伝いに捧げたいと考えています。
久作　古井くんには古井くんの研究があるでしょう。それに一生を捧げて下さい。
半三郎　教授のお仕着せの研究なんて、つまらないものです。それより、荻野先生のお手伝いをする方がどれほど価値があるか。これこそ、神が僕に与え給うた仕事なんです。
久作　古井くん、たまには大学の研究室の方へ……

半三郎　それより先生、もしや昨夜《ゆうべ》から何も召し上がっておられないんじゃないですか？
久作　……言われてみれば。
半三郎　じゃあ、僕ちょっと賄《まかな》いさんのとこに行って、にぎり飯でも拵《こしら》えてもらって来ます。まだ、診察の時間までには間がありますから。

半三郎、勇んで出て行きかける。
ちょうどその時、臨月らしき大きなお腹の酒井キヨ、風呂敷包みを持って、診察室にヨチヨチ入ってくる。
粗末な身なりだが、陽気で働き者のおかみさんである。

キヨ　おはようござんした。
半三郎　おキヨさん。
キヨ　……あ、あたたたたた。
久作　陣痛が、始まりましたか⁉
キヨ　（笑う。二人をちょっとおどかしてみただけである）ちょっとずつら。さっき「しるし」があったもんだすけ、こらもうじきガキが出てくるんじゃねえかと思って、歩いて行げるうちに来たんですて。
半三郎　じゃあ、あちらへ（処置室の方を示す）

キヨ　そんげんことはどうでもいいんですて。
半三郎　どうでもよくないですよ。
キヨ　先生、おめでとうござんした。
久作　おめでとうなのは、おキヨさんでしょう。
キヨ　何言うてるだ。先生、縁談がありなさるそうでねえだか。
半三郎　え、え、縁談〜!?　本当なんですか、先生！
キヨ　本当だ。
久作　縁談というか何というか……
キヨ　おめでとうござんした。
半三郎　おめでとうございます。
久作　おめでたいというか何というか（戸惑っている様子）
半三郎　おめでたいですて。先生がご結婚ですかあ。先生、独り身の僕が申し上げるのもなんですが、結婚とは、死が二人を分かつまで、愛しあい慈しみあい、ですね……
久作　ふ、古井くん、私が身を固めようと思ったのは、産婦人科の研究者にとって、妻というのは重要な仕事のパートナーだと考えたからです。我々男子は、月々の月経が来ることもなければ、妊娠することもない。当たり前です。つ、つまり私は、産婦人科の研究者としての義務として、その、つまり……
半三郎　深いお考えです。さすが、先生です。

キヨ　何、小難しいこと喋くってるんだか。
久作　おキヨさん、陣痛の方は？
キヨ　おらの方はまだ、おとなしいもんだすけ、どうでもいいんですて。それよりなにより、先生、今日、ここへ、ござらっしゃるんだそうらのう。
久作　どなたがですか？
キヨ　先生の嫁さんだこてさ。
久作・半三郎　え、ええ〜っ⁉
キヨ　ご存じじゃねかったんだかね。
久作　ご、ご存じじゃない（どぎまぎしている）。
キヨ　院長先生が「荻野くんはゆっくりお見合いなんて、まんず堅苦しいことをやるとなったら、逃げ出すに決まっている。明日にでも、そのお嬢さんに荻野先生をお訪ね頂こう」って言うてなさったんだて。
半三郎　先生の奥様になる方が⁉
キヨ　おれの亭主が賄いさんのとこさ、味噌届けにきたら、看護婦さんたちの噂になってるってのう。
久作　わ、わ、私は、その……
キヨ　知らねかったとは、知らねかった。
久作　私は……私は、断固として会いません！

キヨ　何言いなさるやら。
半三郎　でも先生、ご結婚なさるんですから、いつかはお会いしんけりゃ。
久作　いつかは会います。でも、それが今日である必要はない！
キヨ　先生、落ちついてくんなせえ。
久作　どうすればいいんでしょう。
キヨ　おなごの心をぐっと摑めばいんですて。
久作　私には、女性を見る目がありません。
キヨ　おなごの観音様、毎日診察してるのにのう。
久作　そういうことではありません。
キヨ　判ってますて。
久作　その方が私に相応しいかどうかなど、まったく判らないでしょう。そして、一晩中悩むでしょう。貴重な研究の時間が目減りしてしまう。
半三郎　それは一大事です。
久作　一大事なんです。それならいっそのこと、祝言の日まで会わないことにしよう。それなら悩まずにすむ、そう思っていたのに……
キヨ　そんなら、先生、おらがおなごの見方をご指南しますて。
久作　はい……
キヨ　まず、先生、おなごを見る時は、腰を見なせえ。おなごは腰が命だすけの。腰のしっかりしたおなごは、まず働きものだし、丈夫ら。

久作　腰ですか……

キヨ　おらを見てみなせえ。

久作　(見てみて) うーむ (納得いかない)

キヨ　だったら、おらと古井先生が、見極めてさしあげましょうかの。

半三郎　ええ、先生、いたしますとも！

久作　(二人の勢いに押されて) じゃあ、よろしくお願いします。

キヨ　任せときなせえの。

その時、待合室には野村ハナが、そおっと入って来ている。
質素な身なりだが、初々しく、可憐で、とても可愛らしい女性である。
辺りを見回し、不安気な様子。
診察室を、恐る恐る覗き込む。

ハナ　あのう……

久作　はっ、はいっ!!

ハナ　お、おはようございます……

半三郎・キヨ　おはようございます。

久作、ハナを見て直立不動状態になる。
キヨは「このひとがお嫁さんだ！」と思って、期待に輝く目で見つめている。
半三郎は、ハナが可愛らしいので見とれている。

ハナ　あの（三人とも自分を見つめているので、ひどく戸惑いながら）朝早《はよ》から、申し訳ねえこんでございますども……
久作　……（緊張している）
キヨ　先生、しっかりしなせえ！（久作の背中をどつく）
久作　（ハナに）いいえっ、とんでもありませんことでございます！
キヨ　こんげなとこですども、お掛けなさって。
ハナ　はい、ありがとうございますです。

キヨ、ハナを座らせるのにかこつけて、ハナの腰のあたりを触る。
戸惑う、ハナ。
キヨ、ハナに、にっこり微笑みを返して、久作に近寄る。

キヨ　（小声で）先生、腰は上等ですて。

久作　…………
半三郎　じゃあ、先生、僕たちは席を外します。
久作　え、そうですか（不安である）
半三郎　まだ診療時間までしばらくありますので、ごゆっくり。
　　半三郎、出ていこうとする。
　　キヨは、彼を見送って、自分はここに居すわるつもり。
半三郎　（キヨに気づいて）おキヨさん。
　　半三郎、キヨを連れて出ていこうとする。
　　久作、不安げに二人の方を見る。
　　半三郎とキヨは、ハナには見えないように、久作に合図を送る。
　　ハナの点数をつける二人。
　　キヨは小さく丸を出す。
　　半三郎はハナをもう一度見て、必要以上に大きな丸を作ってみせる。
　　まだ、不安を隠しきれない久作。
　　キヨ、頑張れと合図。そして、半三郎に待合室に連れ出される。

半三郎　可愛いげなお嫁さんだよね。
キヨ　そうだども、荻野先生には合わねえように見えるがのう。
半三郎　僕は素敵だと思うなあ。
キヨ　惚れるでねえて。
半三郎　……そ、そんな……（図星である）

診察室の久作とハナ、緊張している。
間。

久作　……荻野久作、と申します。
ハナ　野村ハナです。
久作　明治十五年三月二十五日生まれ、東京帝国大学を卒業いたしております。私は荻野家に養子に参りまして、現在は養父母と共に暮らしています。
ハナ　……はい。
久作　あなたのような方に私のところにお嫁に来て頂ければ、養父母も喜ぶでしょう。無論、私もですが……
ハナ　嫁に？　おれがですか？　先生様のですか？

久作　……あ、あの……もし、あなたが気が進まないようでしたら、断って頂いて結構ですから。

ハナ　あのう、おら、先生様のとこにゃ、嫁に行けねえかと思うんです……申し訳ねえことなんですども。

久作　あ……そうですか。ご縁がなかったということでしょう。

ハナ　はあ、おら、へえ（もう）嫁いでおりますもんで。

久作　は？

ハナ　おら、去年の暮れにお父《と》ちゃんのとこさ嫁いで参りまして、はい。

久作　ご結婚……されている……すると、あなたは……もしや、患者さんですか？

ハナ　いえの、わりいとこはありませんですども、先生様に聞きてえことがあって。

久作　ああ、そうでしたか……

ハナ　すみません。どうも、すみませんです。

久作　いや、謝ることはありません。勘違いしてしまったのは、私の方です。

久作、慌てて待合室の扉を開け、半三郎を呼ぶ。

久作　ふ、古井く〜ん。

キヨ、しゃしゃりでて、診察室を覗く。
半三郎、その後ろから覗き込む形。

キヨ　先生、何か？
久作　間違いだったのです。
キヨ・半三郎　へ？
久作　患者さんです。
半三郎　患者さんなんですか。
ハナ　……すみませんです。
久作　古井くん、お願いします。
半三郎　まだ、診療時間じゃ……（ありません）
久作　いいからいいから。
キヨ　先生の早とちりには困ったもんだて。

キヨは、待合室へ戻る。
半三郎、ハナを患者用の椅子に座らせる。
久作、気まずく咳払いして、医者の気持ちになろうとする。

久作　どうなさいました？
ハナ　はい……あのう……
久作　はい。
ハナ　あのう……
半三郎　（できるだけ優しい声で）大丈夫ですよ。ここは病院だすけね、どんげなことでも恥ずかしがらずに、先生に話して下さいね。
ハナ　……はい。あの、おら……去年の秋に嫁に来まして……
久作　結婚して半年ちょっとですね。
ハナ　それで、あの……お義母《か》さんや、お義父《と》さんが、「孫の顔が見てえ」と言うてまして。お父《と》ちゃんも「早く赤ん坊、拵《こさ》えてくれ」って言うてますし、それでおらも、拵《こさ》えなきゃいけねえなと思いまして。……それで、あの……先生様、赤ん坊っていうのは、そもそも、どうやって拵《こさ》えるもんなんでしょうかの。
久作　え？
ハナ　赤ん坊の拵《こさ》え方ですいね。先生様。
久作　……えー、夫婦というものは……こ、媾合《こうごう》を致しますね。
ハナ　コーゴー、ですか。
久作　はい、媾合、あるいは、性交、と言いますか。
ハナ　あー、そうですか。コーゴーをすると赤ん坊が拵《こさ》えられるがですか。道理で、授からなかったわけです。コーゴーをしんけりゃいけませんね。

ハナ　……なさったことがないわけですか？

久作　したこたねえです。先生様、コーゴーっていうのは、どうやってするもんなんでございましょうか。

久作　……どうやってと言われても、あればかりは、人それぞれと言いますか……一般的には、その……夫婦が一つの寝床で、ですね。仲良くするというか……えー、つまり、まず両人が着衣を脱ぎ捨て、ですね……

ハナ　あ。

久作　何ですか？

ハナ　先生様、もしかすっとコーゴーというのは、夫婦の、その、夜の、あのことでしょうかの！

久作　そうです！　夜のそのことです！

ハナ　あのその、それらば、知ってますです！　それらば、しょっちゅう！

久作　あ、そうですか。それは良かった。そうですか。しょっちゅうですか。それなら、いずれできるでしょう。

ハナ　あの、だとも先生様、お父《と》ちゃんの姉《あね》さまは、嫁いで三月《みつき》で悪阻《つわり》があったそうだし、分家の嫁さんも、おらより後に嫁に来たがんに、もう身ごもったそうだし。

久作　お姑《しゅうとめ》さんたちに色々言われて、辛い立場にいるというわけですか。

ハナ　いいえ、そんげんことはねえがです。お義父《と》さんもお義母《か》さんも、楽しみにしてるがです。「ハナと佐吉の子なら、おとこっこなら元気な子だろうし、おんなっこなら器量良しに違《ちげ》えねえ」なんて言ってくれまして……ほんに良《よ》うしてくれますすけ、そのご恩にも報いねばいけねえと思いまして、ちっとでも早《はよ》う、赤ん坊を授かりたいがです。

久作　なるほど、いいお嫁さんですねえ。

半三郎　（ハナに見とれながら）そうですね〜。

ハナ　いえの、そんげなこと……それで、お父《と》ちゃんと色々考えたがです。子宝の湯にはもう入《へ》えりに行きやした。それに、スルメや唐がらしは食《く》わねえようにしておりやす。（至極真面目に）先生様、聞いた話によると、床に入《へ》える時に、おらの方が先に入《へ》えっていると、子ができるそうで。それから、床に入《へ》える前《めえ》に水を飲まねえようにすると身ごもるとか。あと、月夜の晩にゃ、戸を開けて寝るといいとも、枕を巽《たつみ》の方角に向けると子ができるとも聞きやした。先生様、どれが一番宜しいでごぜえましょうかの。

久作　……えーと、ですね。

ハナ　あ、あとそいから、布団に入《へ》える時にゃ、決してお寺の鐘は聞かねように耳ふさいでます。それだけは、ちゃんと守っていますすけ、ご心配下さらねえようお願いします。

久作　布団に入る時、鐘を聞くと？
ハナ　身ごもらねえんだて、先生様。お父《と》ちゃんに言うたら、これは病院の先生様に伺うのがいいだろって、知恵出してくれて。先生様、どれが一番良い方法でござんしょうかの。
久作　それは、どれも関係ありませんよ。
ハナ　……カンケイねえ、ですかの？
久作　どれも意味はありません。
ハナ　やっぱり、道理で効かねえと思いやした。じゃあ、先生様、正しい方策をお授け下せえまし。
久作　おハナさんご夫婦に、何も間違いはありません。
ハナ　おらたちの方策は、正しいがですか。
久作　はい。安心してください。
ハナ　はあ（納得していない）
久作　ところで、おハナさん、月のものはきちんとありますか。
ハナ　（ふいをつかれて）え？
久作　ありませんか？
ハナ　……申し上げられません。
久作　おハナさん？

ハナ　いくら、先生様であろうと、それは、おなごの内緒事ですて。男の方には申し上げられません。
久作　おハナさん、月のものがなぜあるかご存じですか？
ハナ　それは……それが止まると、子が授かったしるしで……
久作　そうですよね。月のものがなぜ起こるかというと、です。女性の体にある卵巣は、ほぼ月に一度、排卵します。卵子が出るわけです。その卵子が受精して受精卵になります。これがやがて赤ん坊になるのです。
ハナ　……はい。
久作　受精卵を受け入れて育てるために、子宮内膜というのができます。受精卵の寝床みたいなものですね。しかし、排卵があっても必ず受精するとは限りません。排卵しても受精しなければ、卵子は体の外に排出されます。すると受精卵の寝床になるはずだった子宮内膜も、体の外に排出されるんです。それが月経です。そして、次の排卵、そして妊娠に備え、女性の体は、また準備を始めるのです。月経は女性の体と妊娠に関して、とても大切なことなんです。判りますか？
ハナ　……とにかく大切なんですね。
久作　そうです。で、月のものはきちんとありますか？
ハナ　（よく考えて）……はい、ありますです。
久作　排卵はほぼ一月《ひとつき》に一度、一年にしても十二回ほどしかないんです。そして、その卵

子が受精できるのも、せいぜい二、三日ではないかと考えられています。ですから
……

ハナ　先生様、その二、三日っていうがはいつでごぜえましょうかの。今月で言えば、何日になりますですかの。

久作　うーん……

ハナ　先生様、けちけちしねで、どうか教えてくんなんしょ。

久作　……それが、判らないのです。

ハナ　先生様にもですか？

久作　そうなんです。女性の排卵がいつ起こるのか、それを知っている人は、今世界に一人もいないんです。

ハナ　東京にもいねえんですか。

久作　産婦人科学界における最大の謎なんです。

ハナ　……謎なんですか（がっかり）

半三郎　しかしですね、おハナさん、今、荻野先生は、その研究……つまり、その謎を解くための学問をしていなさるんです。

ハナ　その謎を先生様が解かれるんですか！

久作　道のりはまだまだ遠いんですが……

ハナ　先生様、どうか、どうか頑張って下さいまし。

久作　ありがとう。おハナさんは結婚してまだ半年なんですから、焦ることはありません。今まで通り、お父ちゃんと……その、仲良くしていれば、きっと授かるでしょう。

ハナ　はい。もっともっと仲良くしますで。

久作　……（伝わってない気もしているが）ご心配なさることはないと思いますよ。

ハナ　はい……だども、先生、一応月夜の晩にゃ、戸を開けて寝た方が宜しいがですよね？　春んなりましたすけ、「開けていても寒《さぶ》うのうなった。こいからは毎晩月夜でも平気だ」って、お父《と》ちゃんと言うてたんです。

久作　開けなくて、結構ですよ。

ハナ　そいがですか。色々、ありがとうごぜぇやした。（立ち上がる）……あ、あの、枕の方角は……

久作　どっちでも、かまいません。

ハナ　判りやした。失礼いたしやす。

ハナ、一礼して出ていく。

ハナ、待合室の大きなお腹のキヨを見て、

ハナ　いつ、お生まれになるんですね？

キヨ　今日中にはの。

ハナ　そうらかね。おめでとうございます。
キヨ　どうも。

ハナ、キヨを羨ましそうに見ながら出ていく。
キヨ、診察室に戻っていく。

キヨ　先生、あの人じゃなかったねえ。
久作　はい。恥をかいてしまいました。
半三郎　残念です。いい方だと思ったんですが。
キヨ　早《はよ》う来んかねえ、嫁さん。（廊下の方を見ようとした時）あ……あたたたた。
半三郎　おキヨさん！
キヨ　……おさめやした。
久作　無理しないで下さい。
キヨ　おらのガキのことより、今は先生の嫁さんですて。

そこへ、津島より子、診察室に入って来る。
ハイカラな洋装の「新しい女性」といった感じ。美人であるが気は強そう。

より子　失礼いたします。荻野先生はいらっしゃいまして？

一同、より子を見る。

キヨと半三郎、当然、浮足だつ。

久作、それを止めて、

久作　私が荻野ですが……患者さんでいらっしゃいますか？

より子　いいえ、違いますわ。診療中でいらっしゃいますの？

キヨ　いえいえ、違うんですて。さ、どうぞどうぞ。

キヨ、椅子をすすめる。

久作、もう緊張している。

より子　（キヨに）まあ、なんてことをなさいますの？

キヨ　？

より子　お座りになって下さい。（キヨを椅子に座らせ、久作と半三郎に）このような身体《からだ》のご婦人に、椅子を、椅子を運ばせて、黙って見ているなんて、なんてことでしょう！

キヨ　おら、ただ、腰掛けて頂こうと……。

より子　何も仰らないでいいんです。あなたのお優しいお気持ちはよく判ります。それにひきかえお二人は、木偶の坊のように突っ立って、妊娠してらっしゃるご婦人をいたわろうともなさらない。ここは本当に産婦人科なのですか？　あなた方は、婦人のための医師ではないのですか？

久作　はあ。

キヨ　先生にゃ、ちゃんとやって頂いてますて。今度のお産は悪阻《つわり》もひどくて、入院しただ何だで、随分先生にもご心配をお掛けしましたども、先生のおかげでここまでこれたんですすけ。

より子　当たり前のことじゃありませんか。

キヨ　七人目の子なんだすけ、その辺にころがってたって生まれますて。うちの犬のシロの方がよっぽどか弱いってなもんだ。

より子　そんな、ご自分を卑下するような言い方をなさってはいけません。でなければ、婦人の地位の向上は、望めません。

キヨ　婦人だなんてそんげな立派なしろもんじゃねえですて。

より子　いいえ、あなたはご立派です。あなたご自身のためにも、婦人自身の意識の改革から始めなくてはいけないんです。

キヨ　うちの亭主が聞いたら「俺はフジンなんてもんにゃ、お目に掛かったことねえど」

って、大笑いだわ。

半三郎、大笑い。

より子、半三郎を睨み付ける。

半三郎、睨まれて笑い止む。

より子　それより何より、男性の意識を叩き直すことから始めねばならないようですね。

キヨ　（半三郎に）どうしちまったがかね。このお嬢さんはよぉ。

より子　荻野先生。

久作　はい。

より子　私、先生ときちんとお話ししなくてはいけないと思いますの。

半三郎　（どうしたらいいかと困っていたが）そうです。それがいいですね。

キヨ　そうら。そうら。

半三郎　じゃあ、僕たちは……

より子　（キヨに）いけませんわ。動いたりなさっては。

キヨ　いえいえ、まだまだ大丈夫ですすけ。

半三郎　おキヨさんには、僕がついてますから。

キヨ　じゃ、ごゆっくり。

半三郎とキヨ、そそくさと出ていこうとする。
出ていく時、久作に合図する。
二人とも、久作には気の毒に思いつつ、バツを出して見せる。
待合室に出てきたキヨと半三郎、

キヨ　なんだね。あの気取りなすったお嬢さんはよぉ。
半三郎　新しい女性とか、そういうんじゃないでしょうかね。先生もお断りになった方がいいかもしれませんよね。

より子は、診察室のあちこちを点検している。
久作、どうしたらいいかと困惑しつつ、

久作　荻野久作です。ここ竹山病院の産婦人科医長をしております。
より子　申し遅れました。津島より子と申します。
久作　えーと……
より子　原始、女性は正に太陽であった。真正の人であった。ご存じでしょうか、先生。
久作　……さて？

より子　嘆かわしいことですわ。婦人のための医師である先生がこの言葉をご存じないなんて。
久作　すみません。
より子　まず、私の考えを聞いて頂きたいと思います。婦人は今、虐げられています。本来、人間として、もっと自由で幸せになる権利を持っている筈なのに、です。
久作　はい。
より子　くどいようですけれども、婦人のための産婦人科なのですから、先生にもそのことを、きちんとお考え頂きたいと思っております。
久作　考えます。が、私と結婚して下さるとしたら……
より子　は？
久作　いや、私も婦人の地位は向上されるべきだと思っています。しかし、もし、あなたが私と結婚して下さるとしたら、私の両親と……
より子　結婚ですって？　誰と誰が結婚すると仰るのですか？
久作　あなたと私がですが……
より子　先生、冗談にもほどがありますわ！
久作　冗談？
より子　私、結婚なんかするつもりはありません！　婦人に対しての悪質ないやがらせと言ってても過言ではありませんわ！　そんな下品な冗談で私を辱めようとなさるなんて、先生には失望いたしました。失礼いたします！

より子、足音も高らかに出ていこうとする。

久作　ちょっと待って下さい！

久作、より子を止めようとするが、間に合わない。
待合室を通り過ぎようとするより子。
半三郎とキヨ、何が起こったのか判らない。
久作、慌てて、

久作　古井くん、彼女を引き止めて下さい！
半三郎　え？　え？

キヨ、すばやく行動する。
より子の前に立ちふさがると、お腹を押さえて苦しんで見せる。

キヨ　あたたたたた！

より子、痛がるキヨに気づいて立ち止まり、キヨのそばへ。
キヨ、痛がったまま、診察室に入っていき、より子を診察室までまんまと連れ戻す。

より子　どうなさいまして？　生まれてしまいましたの？
キヨ　……おさまりやした。どうしなさったがだね？　いきなり夫婦喧嘩なんていけねえですよ。
半三郎　そうです。結婚もしてないのに、夫婦喧嘩はいけません。
より子　夫婦喧嘩ですって⁉
久作　……おキヨさん、また間違えてしまったのかもしれません。
半三郎　え？
久作　津島より子さん、と仰いましたね。
より子　はい。
久作　失礼ですが、患者さんではないとすると、あなたは一体どなたなんでしょうか。
より子　は？
久作　無礼な質問だということは重々承知しておるんですが。
より子　私は、今日からこちらに勤務するナースですわ。

キヨ　……ナス？
半三郎　つまり、看護婦さんですか。
より子　無論、そうですわ。
キヨ　看護婦さん。
久作　……そうでした。今日から新任の方がいらっしゃると、昨日婦長に言われていたのをすっかり失念していました。
キヨ　先生〜。
より子　あの……
久作　実は、大変な人違いをしてしまいました。申し訳ありません。
より子　人違い？
久作　はぁ。
キヨ　今朝、診察の前《めえ》に、先生のお見合い相手が、ここさ、ござらっしゃるはずだったんですて。
より子　は？
キヨ　看護婦さん、べっぴんだすけ、まちげえっちもたわ。
より子　私は、ナースです。
久作　よく判りました。大変失礼しました。改めて……私が、産婦人科医長の荻野です。宜しくお願いします。（半三郎を紹介する）助手の古井くんです。新潟医大から、

より子　来てくれています。
半三郎　宜しくお願いします。
久作　こちらこそ。
半三郎　では、古井くん、彼女を詰め所の方へ。
より子　はい。
半三郎　いいえ、一人で行けますわ。大丈夫です。
　あちらです（廊下の方を示す）

そこへ、廊下からの扉を開けて、とめが診察室に入ってくる。

派手な振袖を着て、思いっきりめかし込んでいる。少し背が高すぎるなど、当時の女性としては、少々難があるところもあるが、のびのび育ったお嬢さんという感じで、健康的な魅力がある。

とめ、診察室の扉をノックしようとするが、ためらっている。

より子、診察室から出てくる。

とめ、より子に会釈する。

より子も会釈を返す。

より子、とめを患者だと思って、じっと観察し、看護婦としての初仕事に立ち向かう決心を必死に固めている。

キヨ　看護婦さんだったのけえ。
半三郎　ナースだとすると、これから毎日……
キヨ　（同情して）大変だねえ。あ……あたたた！
半三郎　おキヨさん！。
久作　大丈夫ですか？
キヨ　あたたたた！
久作　大きく息を吸って～、はい、吐いて～。
キヨ　……引っ込みやした。嫁さん見るまでは産むに産めねえですて。
半三郎　早く来てくれないと、診療が始まってしまいますよ。

より子、診察室に戻って、

より子　荻野先生、もう患者さんが、みえられています。
久作　（時計を見て）診療を始めましょう。
キヨ　先生、きっとらば、夕方にみえるんですこてね。
久作　そのことはもう忘れましょう。
キヨ　じゃあ、おら、あっちにいますすけ。

久作　大丈夫ですか？
キヨ　はいはい。生まれる時にゃ、申しますすけ。

キヨ、待合室に出てくる。

とめを見る。

とめ、キヨにもお辞儀をする。

キヨ、「この人がお嫁さんなんじゃないかしら」と思う。

より子、診察室から出てきて、とめに、

より子　どうぞ、お入り下さい。
とめ　は、はい。

より子、着替えるために、急いで詰め所に向かう。

とめ、診察室に入っていく。

キヨ、「この人がお嫁さんなんじゃないかしら」と思っているもんだから、診察室を覗く。

とめ　失礼いたします。

久作　どうぞ。

久作、とめを見る。

久作　…………

久作、一目惚れしてしまう。
とめ、緊張してお辞儀をする。
見つめ合う二人。
間。

半三郎　荻野先生？
久作　あ……失礼しました。
とめ　は……はい。
久作　ええと、お名前は？
とめ　犬塚とめと申します。

久作、とめのカルテを作ろうと、名前を書き込む。

久作　おいくつですか？
とめ　はい……二十九になってしまいました……
久作　どうなさいました？
とめ　はあ……
久作　どこかお悪いんですか？
とめ　いいえ、悪いところは特に。いたって達者に暮らしております。
久作　？
とめ　あの、竹山院長先生に荻野先生の所にご挨拶に伺うようにと、言われまして、朝早くならば、お手隙だと伺いましたので。
半三郎　先生、この方が。
キヨ　（診察室に入ってきてしまっている）やっぱり、そうらかね。
久作　……そのようです（すごく嬉しい）
半三郎　あ、じゃあ、私たちは。

キヨと半三郎、待合室へ出て行こうとする。
出ていく時、キヨと半三郎、合図を送ろうとする。
が、久作はとめのことしか頭の中にない。

キヨ　（久作にこちらを向かせようと）先生。

と、とめも一緒にキヨたちの方を向いてしまうものだから、

キヨ　きれげな嫁様だのう。

照れるとめと久作。
その隙に、キヨ、久作だけを振り向かせようと、

キヨ　先生！

久作、二人の方を向く。
キヨは、大丸。半三郎はちょっと考えて三角を出す。
二人は出ていく。
待合室に出ていったキヨと半三郎、

キヨ　（半三郎に）なんで三角なんでえ。

半三郎　僕はやっぱり最初の方が……
キヨ　あれは患者さんだ。それに古井先生の嫁さんじゃねえんだすけ。
半三郎　判ってますよ。

一方、診察室で二人きりの久作ととめ。
久作、何か話をしなければと思うが、何を話していいのやら、判らない。
間。

久作　あの……
とめ　……はい。
久作　えーと、私、昨日はですね。骨盤腹膜炎の手術をいたしまして。
とめ　はあ、それはご苦労さまでございました。
久作　あの、骨盤腹膜炎というのはですね、腹膜炎の炎症が骨盤の中の卵巣や子宮に及んだものでして、症状はですね、白血球の増加、血沈の亢進なども見られましてですね……
とめ　はあ。
久作　……私、一体、何を話してるんでしょう。
とめ　あの、骨盤腹膜炎のお話では。

久作　そうですね。そうなんです。しかし、骨盤腹膜炎の話をしていても仕方ありませんよね。
とめ　いえ、あの大変興味深うございますいね。
久作　こういう場合、何を話したらいいんでしょうか。
とめ　……あの、荻野先生。
久作　はい。
とめ　もしも、お気が進まないのでしたら、お断り頂いても結構でございますので。
久作　どうしてでしょう。何かこの縁談に不都合なことでもあるんですか?。
とめ　……実は私、背が……背が高《たこ》うございますいね。
久作　そのようですが、それがどうかしましたか。
とめ　あの……実を申しますと、私、前にも縁談がありまして、その方は、私より、背の無い方で、女に背はいらないと……
久作　そんなことが何ですか。それなら、私だって（自分の欠点を探して）妙な顔だとよく言われます。
とめ　いえ、とてもご立派なお顔だちです。
久作　いやいや、秦の始皇帝だの、逆さにしても同じ顔だの、顎が床につきそうだの、色々と言われます（あえて、欠点を力説する）。
とめ　（負けずに力説）私など、ウドの大木とか、浅草の十二階とか。

久作　浅草の十二階ですか。そりゃあ、ハイカラだ。
とめ　私、見たことはないんですけども。
久作　じゃあ、一度、一緒に行きましょう。
とめ　はい。

……と、とめ、それが自分と結婚してくれることなのだということに気づいて、

とめ　……本当ですか？
久作　……はい。
とめ　ありがとうございます！　浅草の十二階ですが、末永く宜しくお願いいたします。
久作　こちらこそ、宜しくお願いします。
とめ　はい。

二人、ニコニコと見つめ合っている。
その時、待合室ではキヨが急に陣痛を訴える。

キヨ　あ〜、あたたたたたた〜。

半三郎　おキヨさん⁉

そこへ、より子、看護婦の制服に着替えて戻ってくる。

キヨ　あたたたたたた〜……こら本格的にきたかもしんねえ。

より子　何ですって⁉

より子、診察室の久作に知らせようとする。

キヨ、慌てて止める。

キヨ　おさまりやした。大丈夫ら。先生を二人きりにしてさしあげんば。

より子　緊急事態なんですよ！

キヨ　いけねえ！　入ってはなんねえ！　おら、動けねえ！　看護婦さん、おらを助けてくだせえ！

より子　判りました。私が必ず助けてさしあげます。（持っていた教科書を開いて読む）出産第一期、開口期、子宮収縮は七分おきから十五分おき……

半三郎　何してるんです？

より子　決まってるじゃないですか。分娩に備えているんです！

キヨ　じゃあ、おめえさまが読みおわるまで我慢しるだ。
より子　恐縮です。

診察室には、もう話すことが思いつかない二人。
間。

とめ　……では、私は失礼いたしますので。
久作　……はい。是非、また。
とめ　……はい。

とめ、立ち上がる。
久作も立ち上がり、入口まで見送る。
その時、久作、大事なことを言い忘れていたのに気づく。

久作　（大声で）あ！
とめ　（驚いて）はい！　何でしょう。
久作　実はお願いしたいことがあるんです。
とめ　はい。

久作　大切なお願いなんです。あなたにしか頼めないんです。
とめ　はい、私に出来ることでしたら。
久作　（目を輝かせて）結婚したら、あなたの毎月の月経を記録していって欲しいんです。
とめ　は？
久作　月経です。毎月の月経。ありますよね？　それを、カレンダーに記録していって欲しいんです。
とめ　……あの、なぜですか？
久作　私は博士号を取ろうと考えています。それには、研究論文を書かねばならないんです。私は婦人の排卵がいつあるのかを研究しています。
とめ　はあ……
久作　夫婦というのは、媾合をします。媾合をすれば子供が出来ます。しかし、媾合をしたからといって、いつでも子供が出来るとは限らない。卵子がなくては受胎できない。では、その卵子は一体いつできるのか！
とめ　判りません。
久作　それはまだ誰にも判らないんです。それを突き止めたいんです。それには、月経は重要な手掛かりです。
とめ　はい。

とめ、月経だの媾合だのと連呼されて、気が遠くなっている。が、久作は、興奮しきっていて気づかず、机に戻って、引出しからカレンダーを取り出す。

久作　ですから、このカレンダーに月経の記録をつけていただきたいんです。あ、まあお座りになって（椅子をすすめる）月経の日には、赤鉛筆で丸印をつけていただきたい。

とめ　……はあ。

久作　それから、もう一つ。これは勿論夫婦になってからの話なんですが、くどいようですが、夫婦というのは媾合をします。

とめ　…………

久作　そうした場合には、今度は青鉛筆でぺけ印をつけていただきたい。

とめ　……ぺけ……？

久作　そうしたら、将来、とめさんが妊娠した場合、どのぺけで受胎したのかがわかるかもしれない。そうすれば排卵がいつなのかがわかるかもしれないんです。

とめ　どうしても……そうしなければいけませんか。

久作　お願いします。とめさんにしか頼めないんです。

とめ　それは……

とめ、苦悩。
その時、待合室では、再びキヨが陣痛を訴える。

キヨ　あ〜、あたたたたた〜。
半三郎　おキヨさん！
キヨ　そろそろ、我慢がきかなくなってきた。あたたたたた！

待合室から、キヨの叫び声が聞こえて、気が気でない、とめ。
久作は、月経カレンダーのことで頭が一杯で聞こえない。
より子、診察室に飛び込んでくる。

より子　先生！　荻野先生！
久作　（より子に）ちょっと、待ってて下さい！
より子　はい。

取り乱している新米看護婦のより子は、久作の言うことを聞いてしまう。
待合室に逆戻りして、キヨに、

より子　ちょっと待って下さい。

陣痛が激しくなってしまったキヨ、苦しんでいる。
腰をさすってやっている半三郎。
教科書を読みつづけているより子。
診察室には、どうしていいか判らないとめ。
そして、カレンダーを差し出している久作。

久作　お願いします！
キヨ　あたたたた〜！　生まれっちもう〜。
とめ　……カレンダーをつけなければ、お嫁に貰って頂けねんですね。
久作　そんなことはありません。私は、カレンダーをつけないとめさんであっても、是非お嫁にきて頂きたいです。
とめ　そうですか。
久作　……しかし、私の研究には月経カレンダーをつけてくれる方が必要なんです。それは妻になってくれる人に頼むしかありません。でも、とめさんがそれをつけたくないというのでしたら……論文ととめさんが両立しなくなってしまう！　どうし

 よう。どうすればいいんでしょう。

久作、悩んでいる。
とめも、悩んでいる。
待合室では、キヨが苦しんでいる。

キヨ　……ああ〜。頭が〜。
半三郎　頭が⁉
キヨ　頭が出てきた気ぃすっだぁ〜。

半三郎とより子、キヨを連れて診察室になだれ込んでくる。

半三郎　先生！　頭が出てきた気がするそうです！
久作　（ようやく事態に気づき）なんですって⁉　すぐこっちへ（処置室の扉を開け）。
半三郎　はいっ！

半三郎とより子、キヨを処置室に運び込む。

久作　とめさん、できれば、できればお願いします。とめさんにお嫁に来て頂きたいんです。

久作、処置室に駆け込む。
とめ、一人残される。
処置室から、四人の声が聞こえる。
とめ、じっと処置室の方を見つめる。

より子　先生！　これは、これは何ですか⁉
久作　破水です！
より子　破水⁉
半三郎　津島さん！　破水してるのにノートなんかつけるな！
より子　判ってますわ！　ああ～っ！
半三郎　先生！　児頭《じとう》が見えています！
キヨ　痛え～。痛えですて～、先生～！
久作　おキヨさん、あまりいきまずにゆっくり息をしてください。
キヨ　わ～、すっごく痛《いて》えんですて～。
久作　大丈夫だ。もう少しで、頭が出る！

キヨ　えーんやこーら！　こんちくしょう‼
より子　ああ～っ‼
半三郎　頭が出ました！
久作　ようし、あとは楽ですよ、おキヨさん！
キヨ　全然、楽じゃねえですて～！
久作　頑張って下さい。こんな楽なお産はないですよ！
キヨ　じゃあ、先生様、替わってくなんしょ～！
久作　それは無理です！
より子　あ、あ、ああ～っ‼

赤ん坊の産声。
とめ、緊張がゆるんだのか、腰が抜けたように座り込んでしまう。
処置室からの声、続いている。

より子　生まれました！　生まれました！
半三郎　生まれましたよ。おキヨさん！
久作　ほら、おキヨさん、元気な男の子です。
キヨ　お世話をお掛けしましただね、先生。

久作　とんでもない。驚くべき安産でした。

キヨ　お手数だども、亭主に知らせちゃ貰えねえかの。こんげに早う出てくると思わんかったすけ。

半三郎　判りました。

それを聞くと、とめ、処置室に向かって、

とめ　荻野先生！　私、お知らせに行って参りますいね。

キヨ　そうらかね。申し訳ねえ。奥様に行ってもろうなんて。

久作　おキヨさん、まだ結婚したわけでは……

キヨ　病院の西の方にちっと行ったとこですて。酒井義助って表札が出てますんで。

とめ　判りました。行ってまいります。

久作　すみません。お願いします。

とめ、行きかけて立ち止まり、カレンダーを手に取る。

それを丁寧にたたんで懐に入れる。

そして、出ていく。

処置室から赤ん坊の産声が聞こえている。

暗転。

暗転中、久作が日記を読む声が聞こえている。

久作（声）「五月十八日。晴れて暖かし、まことに良き日なり。午後より、祝言の宴。仲人の竹山院長の紋付き姿、まことに滑稽なり。緊張するかとも思いしが、花婿というものは、存外冷静なものなり。夜、急患あり。五月二十日。研究に掛かろうにも、診療、多忙にて、一向に進まず。相変わらず、芳しき結果は得られず、落胆する日々なり。子宮癌の手術あり、古井くんの欠勤のため、高見医師が助手についてくれる。高見の外科医としての手腕に感嘆せり。五月二十八日。古井くんと津島看護婦は、どうにも馬が合わぬ様子。頭痛の種なり」

オーバーラップして翌年の日記になっていく。

一年が経過したのである。

久作（声）「七月十日。暑し。夕刻になり、涼風至る。とめ、吊忍を買いもとめ、軒先に吊るす。風流とはかようなことかとしみじみとす。所帯を持ち、はや一年余りなり。養母の小言も、とめに対して日増しに遠慮がなくなる。とめはよく我慢している」

第二場　夏

第一場の翌年の夏。
窓は全部開けられている。
久作の机の上には、扇風機が置かれている。
蟬が鳴いている声も聞こえてくる。

昼休みの少し前。
久作、半三郎、より子は、処置室で患者さんを診ているらしく、診察室にはいない。
待合室には、キヨとハナ。おしゃべりに花が咲いている。
ハナは「先生に差し上げるために」と持ってきた籠を抱えている。
キュウリやナスなど、自分の家で採れた夏野菜である。

ハナ　「子ができねえ嫁の滋養になるなんて、これじゃあイワシも浮かばれねぇねえ」って。

キヨ　イワシぐれえケチケチするでねぇっていうがだよねえ。

ハナ　んだけどさ、それをお父《と》ちゃんが聞いてて、台所に飛び込んで来て、お義母《か》さんに食って掛かったんだ。「おハナにそんげなこと言うなら、おら、飯食わねえ。おらの分をおハナに食わせてやるだ」って、そう言ってくれたの～。

キヨ　なんだい。愚痴かと思《おも》たら、結局お惚気《のろけ》に終わるわけだね。

ハナ　んだけど、そんな苦労も、もうお終い……

キヨ　だすけ、今のは苦労話じゃのうて、お惚気なんだてば。

ハナ　……おれも、赤ん坊ができたんだすけね！

キヨ　そうなのけ。そら、おめでとう。

ハナ　だすけね、おキヨさんに色々教えてもらわんけりゃあって思って。どんな気持ちなんだね？　赤ん坊が生まれる時って。

キヨ　生《ん》まれる時《とき》ゃ痛えだけ。生まれた後はうるせえだけ。

ハナ　いいわねえ～、痛くてうるさいの。いいわねえ～。

キヨ　そう言うていられるがも、今のうちだて。

久作、半三郎、より子、処置室から出てくる。

処置室から、患者の妊婦、出てきて、久作たちに一礼して、帰っていく。

久作　次の方を。
より子　野村ハナさんです。
半三郎　おハナさん、ですか……

半三郎の顔が少し曇る。
久作も同様である。が、決心して、

久作　（より子に）お呼びして下さい。

より子、待合室のハナに、

より子　野村ハナさん。
ハナ　はいっ！　はいっ！

ハナ、喜び勇んで入ってくる。

ハナ　失礼します！

久作　どうぞ（お掛けください）
ハナ　（野菜の籠を差し出し）あの、先生、これ詰まらないもんですども、どうぞお納めなさって。
久作　おハナさん、そんなに気を使わないで下さい。
ハナ　どうしても先生に食べて頂きとうて。
久作　……ありがとう。
ハナ　（意気込んで）先生、やっぱり身ごもってましたでしょうかね⁉　おとこっこでしょうか？　おんなっこでしょうか？　五体満足でしょうかね？　あの、今夜、内祝いやろうかってことで、先生にも是非来ていただきたいと、お父《と》ちゃんが申しまして。ご迷惑でねかったら、皆さんで是非。
久作　あのですね、おハナさん……
ハナ　はい。あ、先生、お義母《か》さんは、総領息子を産んでくれって言いますども、お父《と》ちゃんは、こっそり私に「おんなっこでも、かまわねえすけな」って言うてくれましたんで、おら、おんなっこでも胸張って産むことができるんですて。ご安心下さいませ。
より子　まあ、おハナさん！
ハナ　はい？
より子　女の子でも構わないなんて言われて、黙っていることはないんです。

ハナ　はあ……

半三郎　津島さん、今はそんなこと言ってる場合じゃないんです。

より子　いいえ、そういう些細なことから改革していかなくては。

半三郎　ちっとは黙っていられないんですか!?

久作　静かにしてください。

半三郎　ほら、先生もああ仰ってる。

久作　二人ともです。

二人　……はい。

久作　おハナさん、実は、言いにくいことなんですが……妊娠ではないようなんです

……

ハナ　え?

久作　……おハナさん、身ごもってはおられないんです。

ハナ　んだけど……んだけど、今月はまだ月のもんがございませんですいね。

久作　それでも、妊娠ではないようなんです。

ハナ　……ニンシンではねんですか……

久作　月経の方が少し遅れているだけのようなんです。

ハナ　……そうですか……私の早とちりですか。

ハナ、明らかに気落ちしている。

一同、どう言っていいか判らない。

ハナ　なんだか、大騒ぎしてしもて、お父《と》ちゃんやお舅《しゅうと》さんたちにも、糠喜びさせて……恥ずかしいです。

半三郎　おハナさん、どうか気を落とさないで下さい。

久作　……残念です。すみません。

半三郎　……すみません……

一同の申し訳なさそうな顔を見て、ハナ、頑張って気を取り直し、

ハナ　いえの、先生方のせいではねえです。謝って頂くなんてとんでもねえこんです。こればっかりは授かりものですすけ、仕方ねえです。また頑張りますすけ、これからも宜しくお願いいいたしやす。

久作　おハナさんにそう言って貰えて、ほっとしました……実は、もう一つ、お話したいことがあるんです。

ハナ　はい。

久作　……おハナさんの身体に、ちょっとした異常が見つかったんです。

ハナ　病気でしょうか。
久作　子宮筋腫です。
ハナ　……シキュウキンシュですか。
久作　はい。
ハナ　……それで、それでおらは、あとどれくらい生きられるでしょか？
久作　……え？
ハナ　そのシキュウになったら、どれぐらいでお陀仏なんでしょか？
久作　子宮には、ならないんです。女性なら誰でもあるんです。
ハナ　そのキン……キン……
久作　筋腫、つまりできものです。それを取れば、妊娠しやすくなると思います。
ハナ　その、シュ、を治したら、赤ん坊が授かるがですか？
久作　妊娠しやすくなるでしょう。手術をすることにはなりますが。
ハナ　手術……大丈夫でしょうか。
久作　大丈夫です。難しい手術ではありません。
ハナ　あの……んでも、手術となると、いっぺえ費用が掛かりましょうねえ。
久作　それは、まあ……
ハナ　……またお義母《か》さんに「おハナは子もできねえくせに金は一人前に掛かって」なんて……

久作、言うべき言葉が見つからない。
ハナ、じっと考えて、

ハナ　先生、手術しれば、赤ん坊が授かるだよね？
久作　おそらくですが。
ハナ　それだったら、なんとかして……
久作　おハナさんの筋腫は、すぐにも手術が必要という状態ではありません。費用のことも判るようにしておきますので、ご家族の方たちとも相談して、もう一度いらしてください。
ハナ　はい。先生……やっぱり、本当に身ごもってはいねんですね？
久作　……はい。
半三郎　おハナさん……
より子　おハナさん、子供を産むということだけが全てじゃないんですから。
ハナ　はあ。
半三郎　津島さん、あなたという人はデリカシーというものの無い人だなあ。
より子　なんですって!?
久作　二人とも！

ハナ、険悪な雰囲気になったのは自分のせいかと思って、何とか気を取り直して、頑張って新しい話題を考え出す。

ハナ　あの、先生、学問の方はなじょ（いかが）ですか？

久作　え？　ああ、まだまだ先は長いです。どうすればいいのか困っているところなんです。

ハナ　私、お手伝いいたしますいね。

久作　それは、ありがたいですが。

ハナ　私でできることがあったら。

久作　そうですか……それじゃあ、ちょっと質問させて下さい。えーと、おハナさんは、最近も、お父ちゃんとは、その、随分、仲はいいんですか。

ハナ　はい。喧嘩なんかは滅多にしねえですし。

久作　それはいいことですね。えーっと、何と言うか……

ハナ　赤ん坊のことは……やっぱり、おらが悪いのかなあって……んだども、お父《と》ちゃんは「おハナが悪いんじゃねえ。こういうもんは、授かりもんなんだすけ」って。

久作　本当に、優しいお父ちゃんですね。

ハナ　はい（上手く答えられて大満足）

久作　……えーとね、伺いたいのは……その、もっと実際的なことなんですが……

ハナ　上手く答えられねかったでしょか？

久作　いやいや、おハナさんは、凄く上手く答えてくれてるんです……つまり……夜の生活では、お父ちゃんとは上手くいってるのかどうかってことも伺いたいんですが……何というか……

ハナ　あ、コーゴーのこったかね。

久作　そうなんです。

ハナ　喧嘩のことやなんかしゃべっても、仕方ねえだよね。

久作　いやいや、そういうことも大事です。そう、大事です。

ハナ　……コーゴーのこんですね……（ちょっとためらうが、決心して）そうだねえ。お父《と》ちゃんは、いつも、その、そうする晩にゃ、井戸端で野菜洗ってるおらんとこへ来て、ちっせえ声で「今夜は、な」って……

久作　うんうん。あの、そういうことじゃなくて。

ハナ　それで、おらは、その晩は風呂さ入《へえ》って……わあーっ、先生、やっぱり、こっ恥《ぱ》ずかしくてこんげなことはしゃべれません！

久作　そうですね。えーと、じゃあ、私の質問に答えてくれればいいですから。

ハナ　はい。

久作　最後の月経のあとは、いつありましたか？

ハナ　いつって……覚えきれねえ。

久作　それは、随分と、仲がいいですね。

ハナ　やっぱり、そうでしょうか、先生。あんまり、仲良《よ》うし過ぎると子種が薄うなって、子供ができねえって聞いたことがあるんで、あの、二人で我慢しようって、そうしたことがあるがですども、やっぱりお父《と》ちゃんが「やらなきゃ赤ん坊はできねえ」って……あー、またこっ恥ずかしいこと言うてしもて……

久作　うーん、なるほど。

ハナ　どうなんでしょうかの。

久作　婦人の排卵日はいつなのか、その法則が、その謎が判れば……　（考え込んでしまう）

ハナ　先生、先生。

久作　（気づいて）ああ、ご協力ありがとうございました。

ハナ　こんげなことでよろしいがでしょか。

久作　大変役に立ちますよ。ありがとう。

ハナ　はい、ありがとうございました。

より子　お大事に。

ハナ、深々とお辞儀をして出ていく。

診察室の中では、泣くまいと頑張っていたが、出て来た途端に、我慢できなくなって涙が出てきてしまう。

キヨ　どうしたんだい？

ハナ、キヨに気づき、慌てて笑顔を作り、お辞儀をすると、小走りに出て行ってしまう。
ハナを見送るキヨ。

キヨ　…………

診察室では、久作が次の患者を呼ぶようにとより子に指示している。
半三郎はハナが置いていった籠を片づけているが、ハナに同情して、ちょっと涙ぐんでいたりする。
より子、待合室に出てきてキヨを呼ぶ。

より子　酒井キヨさん、どうぞ。
キヨ　はい。(立ち上がって) あ、そうだ。のう、看護婦さん。

より子　はい。
キヨ　おめさん、まだ独り者《もん》だよね。
より子　はい。
キヨ　おらの遠縁にいい年頃の美男子がいるんだども、おめさんとちょうど似合いだと思うんだども、どうらかね？
より子　せっかくですけど、私、結婚はしないって決めているんです。
キヨ　あらま、どうして、勿体ねえ。
より子　男性の隷属物にはならないで、自由に生きていきたいんです。
キヨ　レーゾクブツなんて難しいもんじゃねえんだよ。ただの女房なんだすけ。
より子　どうぞ、お入り下さい。

キヨ、診察室に入る。

キヨ　失礼しますいね。
久作　どうぞ。
キヨ　それで、先生、どうなんでしょかね。
久作　おめでとう。やはり、おめでたですよ。三ヵ月です。
半三郎　おめでとう。神様の思し召しですね。

キヨ　……やっぱり、そうらかね。
久作　はい。
キヨ　そうじゃねえかなあとは、思ってたんですども……
久作　どうしたんです？　ああ、もしかすると、また悪阻がひどくなる恐れもあるかもしれませんが、できるだけのことはしますから、安心してください。
キヨ　先生、何人目だと思いますいね？
久作　えーと、七人目でしたか（カルテを見てみる）。
キヨ　八人目ですいね。
久作　（カルテを見直して）そうだそうだ、七人目のお子さんは、去年私が取り上げたんでした。元気ですか、末吉くんは？
キヨ　おかげさまで。
久作　それは、何よりです。
キヨ　んでも、まだ子供たち、皆ちっこくて。また姑にも言われるこてね。「一人前《めえ》の働きも出来ねくせに、ガキばっか、ゴロゴロ産みゃあがって」なんてね。
久作　八人もの子宝に恵まれるお母さんなんて、一人前以上の働きですよ。
キヨ　……先生……できるがでしょ？
久作　はい？
キヨ　……あの、子供を、流して頂くとか……そういう……

久作　……堕胎を、お考えですか。
キヨ　いえ、あの……
半三郎　おキヨさん、神様は、生まれるべき子供の命を、人の手で葬り去ることをお許しにはなりません。人に命を与え、召されるのは、神様だけです。
より子　古井先生、今のおキヨさんの問題は、そういうことじゃないんです。
キヨ　……子は宝だっていいますども、その宝を育てていくにも金がいるし、どうしてもそういうことを考えちもうて……そうしたら、生まれて来ねえ方が、この子にもおらたちにもいいんじゃねえかって……
半三郎　おキヨさん、貧困も神が与えたもうた試練なんです。
より子　古井先生、それは教会で言うことです。ここは、婦人の幸せのための病院なんです。
半三郎　幸せって……
久作　二人とも！
二人　はい。
久作　（キヨに）堕胎をすることはできます。
キヨ　……鬼みてな親だと思ってなさるんでしょうの……
久作　おキヨさんとこの台所が苦しいのも判ります。だから、よく考えて下さい。ご家族にとってどうするのが一番いいかを。
キヨ　……先生、うちで亭主と相談してみますいね。

久作　そうですね。ただし、堕胎を決めた時には、必ず病院に来て下さい。
キヨ　はい。
より子　おキヨさん、まずご自分の幸せを考えるべきですわ。
キヨ　……おらだって、授かった子は生かしてやりてんです。
久作　判ってます。判ってますよ。
キヨ　こんげなこと考えちもなんて、おらの育ちが悪《わーる》いのかもしれねえども、うちの里の方じゃ、子供が生まれたとき、産婆がこう聞くがです。「おきますかの、もどしますかの」って。
久作　もどしますか……
キヨ　この世におかねえで、あっちに戻すってこってす。それが当たり前《め》でした。おんなっこだと、戻されることが多いんだ。おら、兄弟七人いますども、貧乏でしたども、お父《と》ちゃんもお母《か》ちゃんも、おらを戻さねえでくれやした。それだのに、おら……
久作　おキヨさん。
キヨ　……いっち上は、もうすぐ尋常小学校を出ます。奉公にもいげる歳だし、おらもお父ちゃんも、まだまだ若《わーけ》えし、何とかなりますて……せっかく、神様が授けて下さったんだすけ。おらが生まれて来るななんて言うたら、罰があたりますてのう。
半三郎　……おキヨさん

久作　いいんですよ。もう一度、ゆっくり考えて下さい。
キヨ　判りやした。ありがとうごぜえやした。
より子　おキヨさん、自分だけが苦しんだりしてはいけませんわ。
半三郎　おキヨさん、神様はいつも見守って下さっているんです。
久作　（二人の言い争いを止めようと）お二人さん、事務室に荷物が来ていたので、ちょっと二人で取りに行ってくれませんか。
二人　はい。

二人、出ていく。
キヨ、出ていきかけたより子に、

キヨ　看護婦さん、ほんとにさっきの縁談どうらかね。いい子なんらよ。
より子　いいえ、せっかくですけど。
キヨ　そうらね。おらみてえな苦労はしたかねわね。看護婦さんは職業婦人だすけ。立派にやっていけるすけね。
より子　…………

より子と半三郎、キヨと久作に一礼して出ていく。

キヨ　……先生、三ヵ月っていうと、どんくらいの大きさになってるんでしょうかの。
久作　……身の丈は三寸というところです。
キヨ　腹の中にいて、見えねえからって言うても、もう人なんだすけね……先生、望んだ時だけ身ごもれたらって、本当に思うだいねえ。
久作　おキヨさん、私は……
キヨ　いや、いいんですて……失礼いたしやす。

そこへ、とめが凄い勢いで飛び込んでくる。
息を弾ませて、怒りに震えている。

とめ　あなた！
キヨ　あれ、奥さん。

しかし、とめはキヨのことも目に入らない様子である。

久作　どうしたんです。
とめ　聞いて頂きたいことがあるがです。

久作　今ですか。
とめ　今です。
久作　何があったんです？
とめ　私、家を出てきました。
久作　ええ〜っ!?
とめ　もう、我慢ができません。私を離縁しなさるか……
久作　ええっ？
とめ　お義母様に、お一人でお故郷《くに》に帰っていただくか、どちらかにして頂きます！
久作　そんな……

キヨ、「じゃあ、おらは……」とか何とか言いながら、出ていこうとする。
しかし、とめの怒りの凄まじさに圧倒され動けない。

とめ　あんな目茶苦茶を言われて、黙ってるなんてできません！　毎日毎日、お義母様には色々言われても我慢してきました。でも、今日という今日は、絶対に耐えられません！
久作　何を言われたんです。
とめ　お義母様が……見つけてしまいなさったがです。

久作　何をですか。
とめ　私の、月経カレンダーをです。
　　カレンダーを取り出して久作の机の上に叩きつける。
久作　産婦人科医の妻が月経の記録をつけて何が悪いんです。
とめ　……お義母様が仰ってるのは、月経の記録のことじゃないがです。
久作　……じゃあ、まさか……
とめ　そのまさかです。
久作　（キヨを気にして小声で）……ぺけのことですか。
とめ　（キヨに気づいてないから大声だ）そのぺけです！
久作　ぺけですか……
キヨ　……ぺけ？
とめ　「この青いぺけ印は何だ。これはきっと夫婦のことに違いない」って。
久作　（キヨを気にして）とめさん、その話は家に帰ってから……
とめ　「そんなことをいちいち記録に残しているなんて、何て嗜《たしな》みのない嫁なんだ」なんて仰るがです！
久作　とめさん、その話は後で……

とめ　今ですっ！

久作　（諦めて）だから、そのぺけも研究のために……

とめ　私がそんげなことを言って、聞いてくださるお義母様だと思います!?

久作　聞いてくれないお義母さんかもしれない……

とめ　そうです。聞いてくれません。私が黙ってると、まだまだ仰るがです。聞かせてさしあげます。

久作　いや、聞かなくても……

とめ　いいえ、聞いて頂きますいね。「お前は、そういうことが好きでこんな記録を付けているのだろう。色好みなのに久作が忙しくて相手にされないものだから、こんなものをつけて当てつけているんだ」と。「ぺけ印が月に三つでは満足できないなんて、なんてはしたない嫁だろう」ですと！

久作　……確かに聞きました。

とめ　私はもう悔しくて悔しくて。あなたから言うて下さい。これは論文のため、博士号のために、どうしても必要なものなんだって。

久作　判りました。折りをみて言いましょう。

とめ　今です！

久作　ちょっと待って下さい。

とめ　私のことにかまっている暇はないって仰るがですか!?　私は、あなたの研究のため

久作　に、お義母様に叱られたがですよ!? あなたは、研究だ研究だといって真夜中に帰っていらっしして、話を聞いても下さらないし、お義母様はお義母様で、あなたの研究が進まないのは私の心掛けが悪いせいみたいに、毎日毎日仰るし！

とめ　（ついにかっとして）じゃあ、何です！　悪いことは皆私の研究のせいだっていうんですか!?

久作　そんげなことは言うておりません！

とめ　言ってるじゃないですか！

久作　とにかく私は、もうこんげなものは、生涯、金輪際、何があってもつけませんすけ！

カレンダーを取って、投げ捨てる。
カレンダーは、キヨのそばに落ちる。
キヨ、それを拾って眺める。

とめ　もしどうしても必要なら、お義母様につけて頂いて下さい！

久作　お義母さんには、もうつけるものがないでしょう！

とめ　あなただって、私の苦労を少しは思い知ればいいがです！

キヨ、とめに向かって、

キヨ　じゃあ、奥さん、先月は月のもんがねえかったがですかの？
とめ　え？
キヨ　んだって、ほら……（示してみせる）
とめ　（キヨがいるのに初めて気づいて、取り繕いながら）……そうでしたっけ。
キヨ　こらあ……おめでたじゃねえがかね。
久作・とめ　ええっ？
キヨ　先生、見てご覧なせえやし。

久作ととめ、それを覗き込む。

久作　ほんとだ。ない。
とめ　ほんとだ。ない。
キヨ　おめでたです。
久作　（キヨに）おめでたですか？
キヨ　間違いありませんね。
久作　でかした！　でかしたぞ！　とめ！

とめ　……はい。
久作　ばんざーい！　ばんざーい！
とめ　……あなた。

大騒ぎしている久作。
戸惑いながらも、喜びを隠しきれない、とめ。
キヨ、その二人を見ながら、そっと出ていく。

暗転。

暗転中、久作が日記を読む声が聞こえる。

久作（声）「十月二十日。夜、虫の声盛んなり。帰宅深夜となる。疲労、流石に深し。余の論文も進展見られず。婦人の排卵の時期を特定せる試みは、余の手に余れる愚行かとも思いしが、謎を解明し、未知の事実を既知と成すことこそ人類の進歩にして、余の進むべき道と、決意新たにせり。
十月三十日。研究の為、帰宅深夜になる。川村教授から論文の催促あり。返答に窮し、言葉を濁す。

十一月一日。研究の為、帰宅深夜になる。早朝、急患。少々、睡眠不足なり。

十一月五日。帰宅、明け方になる。疲労、甚だし。婦人の排卵は、月経が始まってより、一体何日後に、あるいは、どんなきっかけにて起こるのか。疑問はいかにしても解けず。

十一月十日。帰宅深夜になる」

第三場　秋

二場と同じ年の秋。

診療時間も終わった夕暮れから夜。

外科医の高見詠一、一人で、机の上の久作の論文の資料や原稿を勝手に眺めている。

洒落た身なりをした、医者にしてはちょっと軽い感じの男。

論文のノートを取り上げて、読む。

高見　排卵の時期、黄体と子宮粘膜の周期的変化との関係、子宮粘膜の周期的変化の周期及び受胎日について。爾来《じらい》余は此等の問題に関して研究を持続せるものなり。余の見解は従来の文献に於ける種々の矛盾を証明統一し、進んで既往《きおう》文献に於ける疑問を解決し得るものなりと信ずる……なるほど、大した気張りようだな荻野先生。

……で？

次を読もうと、ページをめくる。
が、それ以上何も書かれていない。

高見　何だよ。ここまでかい？

そこへ手術を終えた久作と半三郎、廊下から待合室に入ってくる。
久作は、白衣を脱いで、手に持っている。
久作、疲れ切った様子で、待合室の椅子に座り込んでしまう。

半三郎　有茎《ゆうけい》筋腫の結紮《けっさつ》も、腫瘤の切除も、見事な手際の素晴らしい手術でした。先生、本当にお疲れ様でした。
久作　あの腫瘍を取ったんだ。おハナさんもきっと身ごもることができるでしょう。
半三郎　そうですか……先生、ありがとうございました！
久作　（なぜ、半三郎にお礼を言われるのか判らない）いやいや。古井くん、お疲れ様でした。今日はもう結構ですよ。
半三郎　先生は？
久作　私は、まだ……

半三郎　論文ですか？
久作　そうです。
半三郎　ここのところ、毎晩夜中までじゃないですか。大丈夫ですか？
久作　大丈夫、体力だけが私の取柄です……まあ、正直、もう少し時間があればと思いますがね。
半三郎　先生、僕に出来ることがあれば……
久作　大丈夫です。症例の記録は自分でつけなければ。……そうだ。おハナさんの卵巣に新しい黄体が出来ていたでしょう。見ましたか。
半三郎　気がつきませんでした。
久作　あれなら、多分、十七日以内に月経が来るでしょう。
半三郎　十七日以内、ですか？
久作　言うまでもないことですが、卵巣にできる黄体は排卵して卵子が飛び出したあとにできるものです。
半三郎　はい。
久作　手術の時、できたばかりの黄体を見た場合は、必ずそれから十七日以内に月経がみられるんです。後でおハナさんに月経がいつ来たか確かめるのを忘れないようにしないと。

久作、手帳を取り出してメモするが、心底疲れているようである。

半三郎　先生の粘り強さには敬服します。開腹手術の度に必ず卵巣を確かめられる。僕も大学で何人もの教授の手術につきましたが、大概の先生は「ああ、黄体があるな」というだけでそれ以上追求しようとはしない。研究が専門の大学の教授にして、そんなもんです。

久作　しかし、肝心なことがつかめないんです。時々、こんなことを続けていて、何の意味があるのかと思いますよ。

半三郎　先生は必ず謎を解かれると、僕は信じてます。神が先生の研究を見守って下さっていますから。

久作　（少々ぞんざいに）ありがとう。

半三郎　あ、先生、お夕食は。

久作　ああ、家内が届けてくれることになっていますから。

半三郎　奥様もお腹に赤ちゃんがいるのに、大変ですね。

久作　……なんとか少しでも早く糸口が摑めればとは思っているんですが。

半三郎　大丈夫ですよ。もう少しです。頑張って下さい。

久作　ありがとう。

久作、やっと腰を上げて診察室に入る。
そこには、高見がいる。

高見　よお、荻野。
久作　ああ、高見、どうしたんだ。
高見　今日、宿直なんだよ。残ってるのはお前くらいじゃないかと思って、暇つぶしに来たんだ。

帰ろうとしていた半三郎、高見の声に気づき、診察室に入って来て、

半三郎　高見先生！
高見　よ、アーメン君、調子はどうかね。
半三郎　アーメン君!?　アーメン君て何ですか、高見先生！
高見　失敬。悪気はないんだ。
半三郎　申し訳ありませんが、荻野先生はお忙しいんです。失礼ですが先生の遊び相手をしてる場合じゃないんですよ。
久作　まあまあ、古井くん。
高見　ほら、荻野先生もああ仰ってる。

半三郎　しかしですね、
高見　古井くん、君もこんなところで遊んでちゃあ、駄目でしょう。
半三郎　遊んでなんか（いません）
高見　大学の研究室の方はいいのか？　荻野の所に入り浸っていると、学者の出世街道から取り残されるぞ。君は、診療医になるつもりなんかないんだろう？
久作　私もそう思いますよ。研究室の方は大丈夫なんですか。
高見　ほら、荻野先生もああ仰ってる。
半三郎　僕は、荻野先生のお手伝いができることこそ望みなんです。出世なんか何の意味もありません！
高見　素封家でクリスチャンのぼんぼんは、俗世の欲望とは無縁というわけですか。いいなあ、道楽で人生やっていけるなんて。
半三郎　だから、道楽じゃありません！　研究室に行ったからって、何の意味があることができるというんです。毎日、ガマガエルを捕まえにいかされるだけです。
高見　君は学者になるつもりがないっていうわけか？　噂によると、ドイツ留学の話があったのに、断ったそうじゃないか。
半三郎　あ（それは荻野先生には聞かせたくなかった）
久作　それは初耳です。本当ですか、古井くん。
高見　（半三郎に）ごめん（言っちゃって）

久作　古井くん、そんな絶好の機会をなぜふいにしたんです。
半三郎　ただ漫然とドイツに行ったって、何ができるというわけではありません。それより、僕は先生のお手伝いを……
久作　（さえぎって）古井くん、自分のやるべきことは自分で見つけなくてはいけないんです。
高見　そうそう。
半三郎　しかし……
久作　研究室の方にもきちんと行って下さい。
半三郎　はい。失礼します。

半三郎、出ていく。
久作は、やる気なさそうに、研究ノートを開いてみたりしている。

高見　ところで、津島より子ちゃんは、もう帰ったのかしら。
久作　何だ。本当のお目当ては彼女か？
高見　そうだよ。
久作　帰ったんじゃないのかな。気分が悪そうだった。いまだに手術に慣れないらしい。
高見　いいなあ。偉そうにしてる癖に、仕事ができないハイカラ娘。好みのタイプだなあ。

久作　彼女の方は君のようなのは、あまりタイプではないのじゃないかな。
高見　そうかあ。照れちゃうな〜。彼女、一体どうして看護婦なんかやってるんだ？
久作　知らん。
高見　東京で女優をやってたって噂もあるし、政治家の愛人をやってたって噂もある。本当のところはどうなんだ？
久作　だから、知らん。
高見　興味ないのか？　君は男性機能不全か？　専門用語でいうなら、インポテンツだ。
久作　頭の容量が一杯で、他のことが入る隙間がないだけだ。（とりあえず、ノートを見る）
高見　診療と研究と、家に帰れば女房と姑が大喧嘩か。研究だの結婚だのするもんじゃないな。
久作　気が滅入るのは、義母の口鉄砲だ。博士号はまだ取れぬのか。なんのためにお前を養子にして金を掛けて大学まで出してやったんだ。鉄砲どころか機関銃だ。
高見　つまり、研究論文の方は進んでないわけか。
久作　……さっぱりだ。
高見　大体、診療をしながら研究もしようだなんて、どう考えても無茶だ。そろそろ諦めたらどうなんだ？
久作　そうかもしれないが……

高見　それに、君のテーマは無謀過ぎるぞ。
久作　無謀だって？
高見　婦人の排卵がいつ起こるのか。この疑問には世界の第一線の学者が挑んでいる。それくらい外科の俺でも知っていることだ。
久作　そうだ。そして未だ謎は解けていない。だから、それをテーマに……
高見　ドイツのシュレーダーが、大正六年に排卵は月経開始後の十四日から十六日の間に起こるという学説をすでに発表してる。シュレーダーがそれを実証できれば、君の研究は意味がなくなる。
久作　確かに、月経の周期が二十八日型が多い欧米の婦人には、それは当てはまっている。しかし日本の婦人に二十八日周期は少ない。その場合、シュレーダー説では、例外が多すぎる。シュレーダーがそれを実証するのは、無理だと私は考えている。だから、私がその謎を解く可能性は、十分にあるんだ。
高見　誰でもそう思っちゃうんだな。寄ってたかって皆が新説を発表しまくってるらしいじゃないか。
久作　曰く、排卵は月経開始後、八日ないし十四日である。いや、十一日ないし二十六日の間で、なかんずく十八日から十九日に最も頻繁に起こる。あるいは、排卵は随時に起こるという説。性交時の刺激が卵子を排出させるのだという説。
高見　目茶苦茶だな。なんでもありだな。性交すると卵子が出るんだったら、百発百中じゃないか。

久作　俺は、そんな口から出任せのような学説を発表するつもりはない。自分が見つけ出した真実を発表するんだ。

高見　だがな、ドイツ医学界には最新の知識と最新の設備がある。自分で言うのも悔しいが、日本人がそれに敵うわけがない。しかも、こんな新潟の片田舎で、診療の片手間にだ。それで何ができる。

久作　だからこそできる。手術をする。そうすれば、患者の卵巣を、黄体を観察することができる。手術の後で、いつ月経が起こったか、その患者に尋ねることができる。そうすれば、それが症例になる。研究室に閉じこもって、ウサギやモルモットの卵巣とにらめっこしている輩とは、違うことができる。それが、俺のやり方だ。

高見　それは、何のための研究なんだ？

久作　え？

高見　お前も俺も、ただの町医者じゃないか。そりゃあ、博士号を貰えれば、医者として箔がつくかもしれん。ここよりも、もっと高給で雇ってくれる病院もあるかもしれん。それなら、もっと無難な論文でいいじゃないか。何でまた、そんな解けるかどうかも判らない謎に挑もうとするんだ。

久作　それは……それが、謎だからだ。

高見　君のような人物は我輩の辞書では馬鹿と言う。

久作　馬鹿かもしれないな。
高見　俺たちには、そんな大それた研究は贅沢品だ。そんなことは、ドイツや帝大の学者共にやらせとけばいいんだ。その研究成果を、後から俺たちが頂いて自分の商売に役立てれば、それでいい。できるかどうかも判らない研究なんて、俺からみれば、道楽だ。
久作　……道楽、か。
高見　博士号を取るつもりなら、急いだ方がいいぞ。
久作　判っているが、診療の方が忙しくて、思うようにはいかない。
高見　君の担当の川村教授が、転勤されるらしいじゃないか。
久作　（非常に驚いて）いつだ？
高見　来年の三月あたりかな。はっきりした話じゃないが。
久作　……そうなのか。
高見　昨日、新潟医大に行ったんだ。高校の時、同級だった奴がちょっとした研究発表をするというんでね。大学の時、こっちは東京、あっちは新潟で、正直勝ったと思ったが、今や、あいつは教授への道まっしぐら。こっちはしがない雇われ医者だ。ま、人生なんてそんなもんだ。
久作　担当教授が変わったら、研究テーマも変えさせられるかもしれんな。
高見　だから知らせにきたんだ。

久作　……まだまだ時間が欲しいんだが。高見が言うように、無駄なあがきなのかもしれないな……

高見　随分、疲れてるじゃないか。徹夜だのなんだの続けてると、診療の方で、ポカをやりかねんぞ。

久作　……そんなことには、絶対にしない。

高見　俺なら、いい加減にやめとくけどな。

久作　……俺は俺だ。

高見　まあそうだ。俺には他人事だ。

久作　…………

そこへ、より子が入ってくる。

より子　失礼します。

高見　あ、より子ちゃん、まだいたんだ～。俺、今夜当直なんだけど、一緒に呑まない？

より子　（とがめるように）高見先生。

高見　大丈夫、医療用アルコールの水割りにするから。呑んだことないけど。呑めるのかしら、あれって。

より子　存じませんわ。

高見　「存じませんわ」だって、いいなあ、その言葉遣い。東京風だね。
より子　私、荻野先生にお話があってきたんです。
久作　あら。
高見　何でしょうか。
より子　荻野先生だけに聞いて頂きたいんです。
高見　皆が俺を邪魔にするんだもんなあ。
久作　悪いな、高見。
高見　失礼するよ。（より子に）じゃあ、話がすんだら、俺とつきあってちょうだいね。
より子　あのね、患者さんから貰った松茸があるのよ。
高見　お断りしますわ。
より子　なんでよ。松茸よ。
　　　私はナースです。患者さんの看護が仕事です。高見先生のお話のお相手をするのが仕事ではありませんので、あしからず。
高見　俺のお相手をするのは、医学への貢献でしょう。ここで、より子ちゃんにフラれるとする。明日の手術の時に「ああ、よりちゃんにフラれちゃったなあ」ということを思い出してイライラする。すると手元が狂って、患者の心臓にメスがグサッ、なんてことにもなりかねない。
久作　おいおい。

高見　俺はやるよ。じゃあ、当直室で待ってるからね、より子ちゃん。
より子　お疲れさまでした。
高見　全然、疲れてないって。荻野、幸運と成功を祈ってるよ。
久作　ありがとう。
高見　失敬。

高見、出ていく。

久作　話というのは？
より子　先生の患者さんのへ虐待について、私、怒りを感じています。
久作　虐待ですって？
より子　今の手術の時もでした。
久作　私が何をしました？
より子　先生は卵巣をご覧になりました。子宮筋腫は、卵巣とは関係ないのではありませんか？
久作　しかし……
より子　先生は、排卵についての研究をしていらっしゃいます。だから、卵巣の観察は、先生には必要なことでしょう。でも、患者さんには必要ありません。患者さんたちは、先生の利己主義な欲望のための犠牲になっているです。

久作　待って下さい。確かに、卵巣の観察は、研究のために非常に重要なのは、確かです。しかし、患者さんに何の身体的負担も掛けてはいません。それどころか、直接観察しなければ判らなかった卵巣の異常を発見できたことも、何度もあります。

より子　先生は、女性を同じ人間だと認めてはいないんです。実験動物か何かだと思っているんです。

久作　津島さん！

より子　先生の研究は、女性のためではないんですか。女性の幸せを考えるのが先生の義務ではないんですか。

久作　私は、患者さんたちのことを考えています。

より子　そうでしょうか。

久作　私は医者ですよ。

より子　先生は、ご自分の研究が第一なんじゃないですか？

久作　⁉

より子　早く博士号を取って、学者としての名声を得たい。それが第一なんじゃないんですか？　博士号が取れさえすれば、診療医を辞めて、研究に専念できると思っていらっしゃるんじゃないですか。

久作　私は……

より子　そのために女性を利用するなんて許せません。

久作　確かに、患者さんたちには、協力してもらっています。

より子　協力？　患者さんたちは、先生の研究のことなど、何も知りません。

久作　しかし、私の研究が完成することは……それは、女性たちのためでもあるのです。排卵の時期が判れば……判れば……そう、おハナさんのような人も、身ごもりやすくなるかもしれない。望まない妊娠を防ぐことができる可能性が……そう、女性たちを救うための研究でもあるんです。

より子　では、女性を冒瀆しない研究方法を考えて頂きたいです。

久作　…………

より子　それだけです。失礼します。

より子、出ていく。
久作、ちょっと考え込むが、ノートを取り出す。

久作　いや、これはただのエゴではない。無謀なことでもない。断じて違う。

久作、迷いを振り払おうとするように、ノートに猛然と書きはじめる。

久作　（書きながら）……婦人にいつ受胎が起こるのかは、今なお未解決の問題である。受胎期の問題は、医学始まって以来、錯誤の軌道を滑走し、今世紀に至りて医学の進歩と共に妊娠の成立の基礎的事項はますます闡明《せんめい》せられつつあるに反し、排卵の時期に関する見解のみは、只、矛盾と混乱に終始し、最近に至るも、いまだ迷宮を彷徨しつつある……

そこまで書いて、ノートを見直す。

久作　最近に至るも、いまだ迷宮を彷徨しつつある……

考え込む久作。

そこへ再び、より子が飛び込んで来る。

より子　先生！　荻野先生！

久作　（苛立ちを隠せず）今度は何ですか。

より子　急患です。おキヨさんが……

久作　おキヨさんが⁉

担架に乗せられたキヨ、半三郎に付き添われて、運ばれて来る。
キヨは、妊娠七ヵ月、ぐったりと横たわっている。

半三郎　先生！　おキヨさんが……
久作　どうしました⁉
半三郎　今、運び込まれてきて……
久作　症状は⁉
半三郎　腹痛と嘔吐、それに激しい目眩と頭痛。呼吸困難。
久作　意識は⁉
半三郎　あります。
久作　おそらく子癇《しかん》発作だ。帝王切開の準備も！
半三郎　胎児は七ヵ月ですが……？
久作　母体の安全が優先だ。急いで、あちらへ。

キヨを処置室に運びこもうとする。
その時、ぐったりしていたキヨが、必死に手を伸ばして久作の腕を摑む。

久作　おキヨさん⁉

キヨ　…………
　キヨ、重症とは思えないような力で久作の腕を握って放さない。
キヨ　先生……助けてくんなせ……
久作　勿論です。
キヨ　先生、おら、死ぬ訳にゃいかねんですて……
久作　大丈夫です。
キヨ　助けてくんなせ……
久作　…………
　久作、合図。キヨ、処置室に運び込まれる。
　そこへ、妊娠五ヵ月程度のお腹のとめ、弁当を持ってやってくる。
　処置室の慌ただしい様子に気づく。
　処置室からは久作たちの声が聞こえてくる。
久作　強心剤と降圧剤を。
より子　はい。

久作　痙攣が起きてる。気道確保。
より子　自発呼吸が……
半三郎　おキヨさん、息を吸って！　おキヨさん！
久作　人工呼吸開始。
より子　脈拍数低下……
半三郎　先生、意識が……
より子　先生！　先生!!
半三郎　おキヨさん！　おキヨさん!!
より子　おキヨさん!!
半三郎　……おキヨさん。

間。
処置室の方を見たまま、動けないでいるとめ。
呆然とした久作が、処置室から現れる。
がっくりと椅子に崩れ落ちる。

とめ　…………

暗転。

第二幕

第一場　春

明けて、翌年の春。

診療が終わった夕方。
久作はいない。
半三郎とより子が、片づけなどしている。
何となく、重苦しい雰囲気。

半三郎　……もう、今日は帰っていいと思いますよ。
より子　……はい。

半三郎、ため息をついて座り込んでしまう。

より子、久作の机の上を整理していて、研究ノートを手に取る。ノートの上に薄く埃が溜まっている。

より子、それを払って、ノートをじっと見つめる。

より子　古井先生、荻野先生のことなんですけど……

半三郎　…………（聞こえてはいない）

より子　先生が研究に手をつけようとなさらないのは、私が先生に申し上げたことのせいなんでしょうか……でも、私が言いたかったのは……

半三郎　（聞いていなかった）え？　何か言いましたか？

より子　いえ、いいんです……失礼します。

より子、待合室から廊下にでようとする。

そこへ、高見、桜餅の包みを片手にやってくる。

高見　あら、よりちゃん、お帰り？　患者さんから貰った桜餅があるんだけど、おひとついかが？

より子　結構です。失礼します。

高見　僕が来るといつもすぐいなくなっちゃうんだけど、気のせい？

より子　いいえ、気のせいじゃありません。高見先生。
高見　な～にかな～？
より子　白衣の前はきちんと留めて下さい！
高見　は～い。
より子　失礼します。
高見　じゃあね～。

より子、去っていく。
高見、診察室に入っていく。

高見　よ、アーメン君、どうしてる？
半三郎　僕は相変わらずですけど……
高見　荻野のことか？
半三郎　そうなんですよ、高見先生。
高見　そうだよなあ。桜餅、おひとついかが？
半三郎　研究には、少しも手をつけようとなさらないし、診療も心ここにあらずといった風情で。昨日なんか、子宮後屈の手術があったんですけど、いつもみたいに卵巣を観察しようともなさらないんです。どうしたらいいんでしょう。

高見　そういう時はほっとくしかないんだよ。
半三郎　高見先生、冷たいですね。
高見　クールなドクトルだからね。診療をしながら、研究をしようなんて所詮無理な話なんだよ。だけど、無理を承知でやってくれる奴がいなくなるのは、面白くないよな。
半三郎　面白いとか面白くないとか、そういう軽薄な話じゃないんです！

そこへ、とめ、弁当の包みを持って診察室に入ってくる。

とめ　失礼します。
半三郎　あ、奥様。
とめ　あの、荻野は。
半三郎　さっき、散歩でもしてくると言って、出ていかれて……
とめ　……そうですか。
高見　奥さん、久子ちゃんは健やかですか？
とめ　おかげさまで、首も座りまして。でも、主人の方が……どうしたがか。
半三郎　奥様、先生は必ず偉大な研究をやり遂げられる方です。
とめ　はあ……

そこへ、久作、庭からの扉から、ぶらぶら戻ってくる。
久作、白衣を着ていない。
三人がいるのに気づいて、

久作　おや、どうしたんです。珍しい顔ぶれですね。
とめ　あなた、お夕食を持って参りましたいね。
久作　いらないと言ったでしょう。やることもないんだ。もう家に帰りますよ。
半三郎　先生……
高見　どうしたんだ、荻野？
久作　別にどうもしません。
高見　研究を完成させるためには、寸暇を惜しんでやらなきゃいかんのじゃないか？
久作　研究か……高見、君の言うとおりだ。町医者風情が新学説を発見するなんてできるわけはないんだ。そんなことはドイツの大学者にでも任せておけばいい。
高見　それでもやり方はいくらでもあるんじゃなかったのか？
久作　そうかもしれん。だが、私には無理だ。
半三郎　先生。
久作　誰にも解けない謎を解くなんて、私にはきっと過ぎた望みなんです。そんな馬鹿なことにかまけているから、患者さんを助けることさえできない。それで何が婦人たちを助けるための研究だ。高見、君が正しい。私は君のような医者にならなくてはいけないと思うんだ。

高見　……俺のような医者だって？

久作　ああ、そうだ。

高見　そりゃあ、いい所に気がついた。やっと、目が覚めたというわけだな。

久作　そうだな。

高見　やめたまえ、やめたまえ。そんな研究なんぞやめてしまうが正解だ。

久作　……そうしようと思う。

半三郎　先生は、先生はそんな方じゃありません！

久作　じゃあ、私はどんな方だというんですか。

高見　全てを懸けてやっていた研究を簡単に投げ出すような方だよ。

久作　…………

半三郎　高見先生！

高見　やめるのは大いに結構だ。だがな、荻野、だからと言って俺のような医者に簡単になれると思ったら、大きな間違いだ。君のようないい加減な料簡で俺のような立派な医者になれるわけがない。

久作　…………

高見　どうせなら、全部やめるが正解だ。俺は確かに優秀な医者だ。が、君なんぞに目標にされたくはないな。非常に不愉快だ。失敬するよ。

高見、出ていく。

久作　（とめに）じゃあ、帰りましょうか。

とめ　あなた、研究をやめるというのは、本当ながですか？

久作　私には無理なんです。

とめ　あなた（言葉にしていいか迷うが）あなたがおキヨさんを死なせたわけじゃあないがです。

久作　…………

半三郎　そうです。おキヨさんはいい人だったから、神様が少しだけ早くお側に召されただけです。僕は……僕は、そう思っています。

とめ　研究が完成すれば、たくさんの婦人を救うことができる。あなたはそう仰っていたがじゃないですか。私もそう信じています。

久作　……しかし、おキヨさんには間に合わなかった。

とめ　じゃあ、次のおキヨさんには間に合うように、急がなければいけないがじゃないですか。お夕食を持ってきました。私は、こんげなことくらいしかできません。だから、

とめ、夜食の弁当の包みを解く。

とめ　食べて下さい。腹が減っては戦《いくさ》ができませんすけね。あ。私、玉子焼きを作ったのに忘れて来てしもたわ。新しい見事な卵を頂いたんです。数がなかったので、お義母様たちには内緒にして、あなたの分だけ作ったがに。すぐ、持ってきますから、その間に少しでも……あの、すぐ戻って来ますから。

とめ、出ていく。

久作　……これで、家に逃げ帰ることもできなくなりました。

半三郎　先生……

その時、ハナがそっと診察室を覗き込む。

ハナ　あのう、すみません。

半三郎　おハナさん。

ハナ　あの、診療はもう終わりなしたですよね。

半三郎　はあ、でも……
久作　何かあるんでしたら、結構ですよ。
ハナ　そうですか。すみませんです。ちゃんとした時間に伺わんけりゃいけねとは思ったんですども「面倒みる子供もいねんだすけ、その分働いて貰わんきゃ」って。それで来れなくて。
半三郎　どうぞどうぞ。
ハナ　はい。

　ハナ、診察室に入って来て、包みを差し出し、

ハナ　先生、これ、家で拵《こさ》えました桜餅でございますども、どうぞ。

　久作が受け取ろうとしないので、半三郎、慌てて受け取って、

半三郎　ありがとうございます。頂きます。
久作　（ようやく気を取り直して）どうですか、調子は。痛んだり、不正出血があったりはしないですか？
ハナ　はい、それは随分と宜しいようなんです。

久作　じゃあ、今日は？
ハナ　あの……手術で子宮を取りましたですね。
久作　子宮は取ってないですよ。取ったのは、筋腫です。
ハナ　……それで、おら、赤ん坊はできますでしょうか。欲しいがです。おら、どうしても赤ん坊が欲しいがです。
久作　おハナさんは、子宮後屈もないし、ご主人のも、その、元気ですし。
ハナ　はい、お父《と》ちゃんは随分と達者です。
半三郎　私も見ました。元気よく泳いでましたよ。
ハナ　はて、お父《と》ちゃんはどこで泳いでましたですか？「おら、かなづちだ」っておらには言っておりやしたども。
半三郎　いや、つまりご主人の……精子がです。
ハナ　はあ、セイシがですか。泳いでますですか。お父《と》ちゃんは泳げませんども、その方は泳いでますですか。
久作　つまりね、お父ちゃんの精子という目に見えないくらいのものが、おハナさんのお腹の卵子に泳いで行くわけです。それで、卵子と精子が結合して、赤ん坊になるわけなんですよ。
ハナ　はあはあ、判りますです。じゃあ、お父《と》ちゃんのセイシは五体満足ながんですね。
久作　そうなんです。

ハナ　じゃあ、やっぱり、おらが……いけねんでしょうか。

久作　おハナさんにも異常はないと思うんです。妊娠できないことはない筈なんですが。

ハナ　（必死に）では、どうか先生、おらだに子宝を恵んでくんなんしょ。子授け神社にも、お寺にも願掛けに行きやした。お守りも御札もいただきました。んでも、駄目なんです。お義母《か》さんは、あんまりあちこちに頼むすけ、神様同士が喧嘩しなさってるだ。おまえが、早合点な事をしるからだ。何てとんまな嫁だべって。

久作　おハナさんは断じてとんまなどではないです。まだ、手術して半年です。もう少し様子を見た方がいいでしょう。

ハナ　はい……（しょんぼり）

半三郎　辛いでしょうけど……

ハナ　（取り乱した自分に気づき、明るくふるまおうとするが、以前のようにはうまくいかない）そんげに辛いこともないがです。お義母《か》さんは「この嫁は見かけ倒しだったなあ」なんて言ったりしますども、お父《と》ちゃんが「何言うてるんだ。お袋は見かけも何も全部倒れてるでねえか」なんて言い返してくれますし。

半三郎　優しい旦那さんで、良かったですね。

ハナ　……んでも、そのお父《と》ちゃんも、「へえ、やるだけんことはやった。どうしたらいいんだか判らねえ」なんてため息つくようになって。だすけ、おらがなんとかしねえとと思って……

久作　…………

ハナ　（真摯に）あの、先生、学問の方はおできになったがですか？

久作　…………

ハナ　早くおできになればと願ってますいね。先生、私がお話することが役に立つがでしたら、何でも聞いて下せえ。

久作　…………

半三郎　そうだ、先生、おハナさんの手術の時、仰ってたじゃないですか。新鮮な黄体ができていた。排卵があったすぐ後だ。この分なら、十七日以内に月経があるはずだって。

久作　…………

半三郎　（久作が黙っているので）おハナさん、伺いたいことがあるんですが。

ハナ　はい！

半三郎　手術が終わった後、どれくらいして、月のものがありましたか？

ハナ　月のもんですね。月のもん。手術が終わってから、ですね。

半三郎　手術が終わってから十七日以内にあったはずなんです。

ハナ　手術をしたのが……

半三郎　十一月の二十日ですね。

ハナ　そのあと……十二月の初め頃だと思ったども。

半三郎　はっきり、日にちを思い出して貰いたいんです。無理ですか。

ハナ　随分前になりますすけ。

半三郎　何日か思い出せませんか。

ハナ　うーん……うーん……（必死で思い出そうとする）

半三郎　頑張れ、気張れ、おハナさん！（必死で応援する）

ハナ　……駄目です。忘れてしまいました。ほんにおれの学がねえばっかりに、お役に立てねえで。

半三郎　いいんですよ。

ハナ　他にお役に立てることはねえですかね、先生。おらは子宝を授かる。先生は偉い博士さまになる。一緒に頑張りましょいね！

半三郎　先生！

半三郎、ハナ、熱意を込めた目で久作を見つめる。

久作　おハナさん、ありがとう……では、伺いますが、入院する前に、おハナさんは、いつお父ちゃんと仲良くしましたか？

ハナ　（得意になって）それらば、覚えてます。手術をして頂くことが決まってからはしてませんです。

久作　そうですか。

ハナ　はい。実は手術の前《めえ》の晩にお父《と》ちゃんが「しばらく我慢しなきゃいけねえすけ、頼む」って言ってきたんだども、手術が終わってからって言うてやりやした。それに、その日はちょうど腹が痛うなる日だったもんで。

半三郎　……ちょうど、腹が痛くなる日？

ハナ　はい、おら、月のもんが来る二週間前《めえ》んなると、決まって腹が痛むがですよ。

半三郎　……（久作に）それは排卵痛でしょうか……

ハナ　ハイランツー？　それを患うと死にますですか？

半三郎　いえ、排卵痛というのは、排卵の時に起こる痛みで、日本人には滅多に……

久作　（遮って）おハナさん、今、何て言ったかな。

ハナ　それを患うと……

久作　（鋭く）そうじゃない！　いつ、決まって腹が痛むって？

ハナ　んですから、月のもんが来る二週間前《めえ》になると、決まって腹が痛むがで、そん時ゃ、体にさわると思って、お父《と》ちゃんとはなんもしねようにしてますども。

久作　…………（目つきが変わっている）

ハナ　先生、どうかしましたけ？

久作　……腹が痛むのは、次に来る月経の、二週間前、なんですね？

ハナ　（久作の気迫に怯えて）はい。いけねかったでしょうか。

久作　前回の月経からじゃなく、次に来る予定の月経から逆に数えて二週間前なんですね!?（ハナに詰め寄る）

ハナ　はい。どうもすみません！

久作　……そう……か。

半三郎　……先生？

久作　……そうか。……そうかそうかそうか!!

半三郎　どうしたんです？

久作　判ったぞ！　排卵の時期が判った!!

半三郎　なんですって？

久作　排卵の時期は、月経が始まった日から、数えるべきではなかったんだ！　次に来るべき予定の月経から、逆算すべきなんだ！　おハナさんが言うように「決まって月のものが来る二週間前」なんですよ!!　そうだ、なぜ、そのことに気づかなかった……

半三郎　先生……

ハナ　先生？

久作　おハナさん！

ハナ　はい！

久作　（ハナの手を取って）ありがとう、ありがとう！

ハナ　はい？
久作　おハナさん、子宝を授かる一番の方策をお教えします。
ハナ　え⁉
久作　そのお腹が痛くなった日に、お父ちゃんと仲良くするんです。そうすれば、おそらく、子宝を授かることになるでしょう。
ハナ　赤ん坊が授かるがですか？
久作　排卵のちょうどその日に何もしてないんだ。子宮筋腫がなくたって、妊娠するわけがなかったんですよ。いいですか。その日に仲良くするんです。そうすれば、近いうちに、身ごもることができるでしょう。
ハナ　本当だかね、先生。本当だかね⁉
久作　うん。
ハナ　判りやした。頑張ってみますいね。仲良くしてみますいね。先生、ありがとうごぜえやした！
久作　こちらこそ、ありがとうです。
ハナ　お父《と》ちゃんに知らせやす！
　ハナ、ひたすら、お礼とお辞儀を繰り返しながら、転がるように走り去っていく。

久作も興奮しきっている。
半三郎は、まだよく訳が判っていない。

久作　古井くん、これは凄いよ。凄いヒントが見つかりましたよ！
半三郎　どういうことなんですか、先生。
久作　おハナさんの言ってた腹痛は、古井くんが言ったように排卵痛です。つまり排卵の時に起こる痛みです。
半三郎　日本人にはあまりみられないといいますが、おハナさんには、それがあったんですね。
久作　問題は、排卵痛がおこる時期です。おハナさんは、何て言ってました？
半三郎　えーと……月のものが始まる二週間前って。
久作　ドイツのシュレーダー学説では、排卵はいつ起こると言っていましたか？
半三郎　排卵は月経開始後、十四日から十六日の間に起こると。
久作　ドイツ医学界の大学者がご託宣を下せば、皆がそれに右へならえだ。しかし、よく考えてみてください。月経というのは受胎が起こらなかった結果として起こる現象じゃないか。
半三郎　そうです。だとしたら……
久作　だとしたら、月経の開始から次の排卵を算出するのはナンセンスです。排卵やこれに続く黄体によって影響を受けるのは、次に来るべき月経じゃないんですか？　それなら、奇しくもおハナさんの言ったように、排卵は次回月経から逆算すべきなんじゃないですか！

半三郎　月のものが始まる二週間前……

久作　そう！　次の月経が始まる二週間前です。そして（机の引出しを開けて記録を取り出す）私が手術の時に黄体を観察してきたこの記録では、排卵のあとにできる黄体が見られると、十七日以内に次の月経が起こっている！（記録を机の上に叩きつけるように置く）もしかすると、もしかするとこれで排卵の時期が特定できますよ！

半三郎　先生、これは……これは大変な発見じゃないですか⁉

久作　おハナさんが助けてくれた。私の研究を助けてくれたのは、教授でもない。最新の設備でもない。患者のおハナさんです。

半三郎　そうです！　先生、おめでとうございます！

久作　いや、落ちついて下さい。まだです。まだ、確かめられた訳じゃない。症例を調べてみなければ。

半三郎　そうですね、そうです。それを実証しなければならない。

久作　古井くん、確かドイツの産婦人科学会誌に排卵痛のことを書いた論文が載っていたね。

半三郎　えーと、確か……

久作　ツィルデバーンだ！　ツィルデバーンの論文だ！　探しましょう。

半三郎　はい！

二人、論文を探す。

高見、久作に詫びようと思って、待合室からやってくる。

が、診察室の二人の様子が違うので、部屋の外に立ち止まる。

半三郎　先生、ありました！（論文の載った雑誌を出す）

久作　ようし！

半三郎　（開いて）ツィルデバーンの論文です。

久作　ドイツのある婦人の月経と排卵痛の記録だ。一年八ヵ月、二十回の月経の記録だ。

まずこれで確かめてみましょう。

半三郎　月経周期は最短二十四日、最長三十六日。一定してませんね。

久作　排卵痛の時期は、月経開始後、十四日から二十二日か……やはり月経開始から数

えていくと一定ではない。法則性は見られない。

半三郎　じゃあ、先生。

久作　うん、次の月経から、逆算してみよう。

半三郎　はい。

久作　これは、十四日。次は……十二日。
半三郎　次は、十五日。十四日。その次は十六日。
久作　そして、十四日。十四日。十五日……
半三郎　次は十三日。十四日。十四日……先生。
久作　……なんてことだ。この婦人は月経周期は二十四日から三十六日と、こんなにバラつきがある。それなのに、次回月経から排卵日を逆算してみると、月経周期が長い月でも短い月でも……
半三郎　……ほとんど同じです！
久作　十四日前後。十二日から十六日の間です。

間。

半三郎　先生！　これは、これは本物ですよ。どうしよう。本物の大発見だ！
久作　待て、待て待て！　慌てるな！　落ちついて！　まだ、これが日本の婦人にもあてはまるかどうかは判らないんです。

久作、そう言いながら、引出しを開ける。
が、目当てのものはそこにない。

慌てふためいて、あたりを探し回る。

久作　ない。ないぞ！　知らんかね。古井くん、どこにあるのかね。

半三郎　何がですか、先生。

久作　決まってるじゃないですか。うちの患者の黄体と月経の記録ですよ。いつも、この引出しに入れているのに。

半三郎　さっき、先生がご自分で出して、机の上に置かれたじゃないですか。

久作　（机の上を見て）これだ！　これだよ!!　さあ、調べるぞ、古井くん、手伝ってくれたまえ。

半三郎　はい（計算するためのメモの用意をして）

久作　患者、宮田タキ、四十四歳、未産婦。月経周期二十八日。子宮頸部筋腫、手術、八月十八日。黄体所見、血管新生期初期！

半三郎　つまり、排卵直後ということですね。

久作　そうだ。次回月経開始、九月二日。

半三郎　十五日後です。

久作　これは、黄体所見、開花期の終わり。月経直前か。（ページをめくって）川口リツ、卵巣嚢腫《のうしゅ》、手術八月二十一日、黄体所見、血管新生期初期。排卵直後だ！　次回月経、九月四日。

半三郎　十四日後です……先生。

久作　……手分けして調べましょう。

半三郎　はい。

二人、資料を分けて、それぞれに計算する。間。

待合室の高見、誰に言うともなく呟くように、

高見　……まあ、せいぜい頑張ってくれたまえ。

高見、待合室からそっと出ていく。

久作　どうですか、古井くん。

半三郎　はい。排卵日と思われる日から次回月経までが、こちらでは、十五日。十四日。十四日。十五日。十六日。十四日です。

久作　こっちは、十六日。十五日。十四日。十二日。十四日。十四日。十四日だ。

半三郎　……先生……

久作　……古井くん……

半三郎　やった。やりましたね。先生！
久作　やった。やりましたよ。古井くん！
半三郎　先生!!
久作　古井くん!!
二人　ばんざーい!!　ばんざーい!!　ばんざーい!!

狂喜乱舞の久作と半三郎。
とめ、玉子焼きを持って、診察室に戻って来る。

とめ　あの……
久作　ああ、いいところに来てくれました。
とめ　どうしたんです？
半三郎　先生が遂にやったんですよ！
とめ　え？
久作　とうとう謎が解けたんです。婦人の排卵日の謎が解けたんだ！
とめ　……そういんですか？
半三郎　そういんですよ！
久作　今まで、数えきれないくらいの学説があった。でも、そのどれもが月経が始まってからの日数を数えている。次回の月経から逆算した者はいなかったんだ。こんな簡単なことに、世界の大学者の誰も気づかなかったんだから、お笑いだよ。わははははは。

半三郎　わははは。

とめ　……それは、おめでとうございます。

半三郎　こんな世紀の大発見の現場に立ち会えるなんて、滅多にない幸せです。先生、ありがとうございました！

久作　古井くん、まだ早いですよ。これを実証しなくては論文にはなりません。

半三郎　どうやって実証したらいいんでしょうか。

久作　それをこれから考えます。古井くん、今日はもう結構ですよ。一人でじっくり考え直してみます。

半三郎　判りました。今日のところは、この発見への感謝と先生の論文の完成を神に祈っていることにします。

久作　ありがとう。

半三郎　お疲れさまでした。

とめ　お疲れさまです。

半三郎　（とめに）失礼します。

半三郎、出ていく。

とめ　あの（お弁当）、

久作　ああ、腹が減っては戦ができませんよね。

久作、さっそく食べはじめる。

しかし、資料から、目を離せない。

とめ　あの、そんげに大変なことが判ったがでしたら、もう必要はないかもしれねですが……これ。

とめ、月経カレンダーを出す。

久作、それを受け取って、

久作　いや、必要になるのは、これからです。

久作、カレンダーをじっと見る。

とめは、診察室の中を片づけたりしている。

久作　この前の月経は……そうか、ここだったか。

久作、とめの以前のカレンダーを取り出す。

久作　えーっと、月経周期は二十九日か。すると、排卵日は……

とめ、一息ついて椅子に腰掛ける。
久作、とめをじっと見つめる。

とめ　……何ですか？
久作　（静かに）論文で新しい学説を発表する時は、その学説を充分に裏付ける証拠が必要なんです。判りますか？
とめ　……ぼんやりと。
久作　今新しく発見したこの理論も、真実だという証拠がなくては論文にはできないんです。
とめ　はい。
久作　精子というものは女性の体に入ると、三日位しか生存していません。ですから、排

とめ　卵日の五、六日前までなら交わっても妊娠はしないと考えられるんです。
久作　……そうですか（何か嫌な予感がする）
とめ　これを実地に試したいんです。
久作　……あのう、どなたが試すんです？（すごく嫌な予感がする）
とめ　私とあなたです。あなたの体で、私が実地に試すんです。
久作　…………（的中）
とめ　これから毎月一回決まった日に、私たちは媾合をします。排卵日と思われる日を計算して、その五、六日前にです。それで妊娠しなければ、私の理論が正しいというひとつの証拠になります。そして、その経過を全て論文に載せるんです。
久作　……それはつまり、私達夫婦の……「ぺけ」のことを……論文に書くって……そういう事ながですか？
とめ　研究のため、学問のためです。
久作　……それは、破廉恥ではないですか？　第一、お義母様が、それを見たら、私は何て言われるか……
とめ　大丈夫。お義母さんはそんなとこまで、読みゃあしません。
久作　ですけど、ですけど……ご近所の。
とめ　ご近所の皆さんは論文を読んだりはしない。
久作　ですけど、ですけど……あなただって、お医者さまのお仲間に、荻野は夫婦の秘《ひめ》

久作　事《ごと》を論文に書いて博士になったなんて言われたら。
とめ　構いません。
久作　…………
とめ　お願いです。どうか協力して下さい。
久作　……それで、研究が、論文が、完成するがですね。
とめ　それがなければ完成はしないいんです。
久作　……それが、あなたの研究のために私ができることながですね。
とめ　そうです。そして、この世であなたにしかできないことなんです。
久作　(必死の思いで決心して)やらせて頂きます。
とめ　ありがとう！
久作　それで、それはいつ行われるがですか？
とめ　今夜です。
久作　今夜？
とめ　計算してみたら、今夜は、排卵日から数えて六日前に当たります。今月の実験は今夜に限るんです！
久作　あの、ちょっと心の準備が……来月ではいけませんか？　排卵日なら来月でもあるがでしょう？
とめ　確かにあります。だが、実験を一月延ばせば、論文のでき上がりも一月遅れるんです。そんな時間の無駄をしてなるものですか。
とめ　……判りました。
久作　ありがとう。ようし、今夜はぺけ印ですよ！
とめ　……ぺけ印ですか。
久作　今日はこれで帰りましょう。大切な仕事があるんですから。
とめ　……はい。
久作　待ってて下さい。すぐ支度してきます。

久作、ウキウキしながら出ていく。
戸惑っている、とめ。

暗転。

暗転中、久作が日記を読む声が聞こえる。

久作（声）「六月二十一日。とめ、来潮。実験の第一段階は成功せり。論文の完成は年末までに、と予定し、川村教授にも、その旨を伝える。
六月二十六日。初めて久子に湯を使わせてみる。湯の中に落とさんかと恐怖せるも、とめは、案外呑気にて、笑って見ている。赤ん坊に湯を使わせることは、生涯二度とすまいと思う。恐ろしきものなり。

七月一日。婦人の排卵日を特定するための実験続く。そろそろ、最後の実証に着手せんと決意。今回の実験も、とめの協力は不可欠なり。とめに何時《いつ》相談したものかと……」

第二場　夏

同じ年の夏。
蝉時雨が聞こえている。
昼休みの少し前。
診療室には久作と半三郎とより子、そしてハナ。
ハナの診療中である。

ハナ　先生、本当だがね⁉
久作　間違いありません。おめでたです！
ハナ　ありがとうごぜえます！
久作　おめでとうございます。
半三郎　おハナさん、本当に、本当におめでとうございます！
ハナ　先生の仰った通りにしたんですいね。腹が痛くなる日を待って、その日にしたんですいね。ほかの日はお父《と》ちゃんがなんて言うても、なんもしねえで、無駄打ちしねえで、その日に頑張ってみたんです。そしたら、そしたら……

久作　うん、うん、良かったですね。

ハナ　月のもんがのうなったって言ったんですいね。お父《と》ちゃんは「前《めえ》のこともあるすけ、また間違《まちげ》えかもしれねえ」って信じねえで、そしたら、ご飯をよそおうとしたら、急に気持ちが悪うなって、それでこれが悪阻に違えねえって思って、気持ち悪かったんだども嬉しゅうて嬉しゅうて。お義母《か》さんは「今日からなんもしねでいい。全部おらがする」って。

久作　何もしないのは却ってよくありませんよ。適度に運動して下さいね。

ハナ　テキドだかね。テキドというがはどんげな運動でしょうかの。

久作　そうですね。家事は無理をしない程度にやって、それから、お父ちゃんと二人で、毎日ゆっくり散歩でもして下さい。

ハナ　散歩ですか。二人で歩いたことなんてあんましねえですすけ、お父《と》ちゃん照れるかもしんねえだね。

久作　赤ちゃんのためだって、言ったらいいんです。

ハナ　はい……この腹ん中に、赤ん坊がいるがですね。

久作　まだ、身長は一寸足らず、体重は一匁《いちもんめ》ってとこですね。

ハナ　ちっせえですね。すげえちっせえですね。

久作　ちっせえです。ちっせえ人間です。顔も手足もあります。
ハナ　はい。
久作　大事にして下さい。
ハナ　ありがとうございます。お父《と》ちゃんは、病院ではっきりするまで、信じねって言うてたんですども、帰って「できたんだ」って話しやす。先生の仰る通りにしたら、子宝が授かりやんしたです。先生のお蔭です。ありがとうごぜえます。
久作　私の研究も、おハナさんのおかげで飛躍的に進展したんです。お礼を言いたいのは、私の方です。
ハナ　そんげな、勿体ねえ。
久作　元気な赤ちゃんを産みましょうね、おハナさん。
ハナ　はい。
久作　今日は結構ですよ。
ハナ　はい、ありがとうごぜえます。

ハナ、深々とお辞儀をして出ていく。

半三郎　ほんと、いかったです。やっぱり神様は見ていて下さるんですね。そして、先生のお力です。

久作　次の方は？
より子　午前中はこれで終わりです。
久作　じゃあ、お昼にしましょう。
より子　……先生、ちょっとお話ししたいことがあるんですが。
半三郎　津島さん、先生の研究は今大切な時なんです。昼休みくらい先生を自由にしてあげてもいいんじゃないですか。
より子　判りました。失礼します。

より子、出て行く。
久作、論文の資料やノートを広げ始める。

半三郎　先生、あと少しですね。
久作　最後の大仕事が残っています。
半三郎　それは何ですか？
久作　あ、いや……とにかくここまで来たんです。必ずやり遂げてみせます。
半三郎　はい。では、僕もお昼を頂いてきます。

半三郎、一礼して出ていく。

とめ、待合室に入ってくる。
半三郎、とめに一礼して去っていく。
久作、熱心に論文の草稿を書いていく。
とめ、久作の弁当を持って入ってくる。

とめ　あなた、お昼をお持ちしましたいね。
久作　ああ、ありがとう。

とめ、弁当の包みを開いて渡す。

久作　久子の風邪はどうですか。
とめ　随分、良くなりました。だすけね、お義母さまに頼んで出て来れたがです。
久作　そうですか。
とめ　久子はとっても賢いがですよ。あなたは、夜遅くにしかお帰りになれないから、寝顔しかご存じねでしょうけど、私に向かって何か喋りかけようとするがです。絶対話たいことがあるがですよ。
久作　まだ、久子に手が掛かるから、考えられないかもしれませんけど……その、もう一人くらい子供がいてもいいかと思うのですが、どうですか?

とめ　勿論ですいね。何人いてもいいがじゃねかと思えてきました。初めの頃は泣いてばっかいるし、どうしていいか判らないし、一人でたくさんだって、正直思っていたんですけど。近頃は……可愛くて。

久作　そうですか！　では、作りましょう。もう一人、作りましょう。

とめ　そうですねえ（幸せである）

久作　ところで、論文のことなんですが、近いうちに仕上げたいと思っています。

とめ　頑張って頂きたいと思ってますいね。

久作　実は、一番重要なことをまだ確かめていないんです。

とめ　一番重要なこと、ですか？

久作　婦人の排卵はいつあるのか。それを突き止めようというのが、私の論文です。

とめ　はい。

久作　婦人の排卵は次回予定月経の十二日から十六日前である。というのが私の説です。論文にするためには、それを実証しなくてはなりません。

とめ　それは、あの、私たちが……

久作　そうです。今まで、私たちは排卵日を避けて、毎月、その……交わって来たわけです。そして、見事妊娠してはいません。

とめ　そうですよね。

久作　が、それだけでは十分ではないんです。その実験では「この時期は排卵日ではない」

とめ　ということが判るだけなんです。次には「この時期が排卵日である」ということを実証しなければならないんです。

久作　それは……

とめ　判りますよね。排卵日に媾合すれば受胎することができるんです。つまり、妊娠することが確かめられてこそ、排卵日が確かめられるんです。それでです……計算したところ、明日はちょうどあなたの排卵日にあたる日なんです。ついては……ついては、です。

久作　…………

とめ　ついては、今夜媾合して欲しいんです。そして、妊娠して欲しいんです。

久作　……妊娠するがですか？　私が……

とめ　そうです。それで、私の仮説は完全に実証されるんです。論文は完成するんです。婦人の排卵期の謎が解明されることになるんです。

久作　…………

とめ　逆にいうとそれがなければ、私の説は不完全だということになります。論文にはできないんです。協力して貰いたいんです。お願いします。

久作　…………

とめ　どうしたんですか？

久作　……私は嫌です。

久作　え？
とめ　そんげなことは、嫌です。
久作　嫌ですって……なぜです？
とめ　絶対に嫌です。あなたの論文のためであっても、それは嫌です。お断りしますいね。
久作　どうしてですか？　子供は何人いてもいいって……
とめ　そうですが、ですが……
久作　どうしたんです。
とめ　うまくは言えねですけど……
久作　ちゃんと説明して下さい。そうでなければ困るんです。ここまで来て論文ができないことになるんです！
とめ　……私、子供というがは天から授かるものだと思っていますいね。
久作　…………？
とめ　だすけ、私……怖いがです。
久作　怖い？　何がです？
とめ　あなたが研究して突き止めたことは、正しいのだと思います。だすけ、今夜媾合をすれば、私は身ごもることになるんだと思います。
久作　そうです。そうなります。そうならなければ困るんです！
とめ　……それが、怖いがです。

久作　なぜです？

とめ　それは……人の勝手で人を作ったことには、ならねでしょうか。

久作　……人を作る？

とめ　私、子供というのは授かりものなんだと思ってますいね。天が授けて下さるものなんだと、人の手では、どうにもできねことなんだと思っています。そういうものだ。それが正しいがだと思ってきました。だけど、あなたは……私たちは、自分たちの勝手で、天が授けてくれるはずの仕事を、代わりにやろうとしてるような気がするがです。そんげなことをしてはいけないがじゃねかって……

久作　いいですか？　排卵日というのは自然の摂理なんです。私はそれを確かめようとしてるだけです。自然に逆らったり手を加えたり、そういうことじゃないんです。

とめ　でも、でも、私たちの心一つで、子供ができたりできねかったりするんですよね。そうですよね。

久作　（遮って）そうなれば、望んだ時に子供を持つことができるかもしれないんです。現におハナさんは、ようやく望んだ子供ができて喜んでくれています。

とめ　それは、いいことかもしれねですが……ですが……たとえば、おキヨさんは……

久作　そうです。おキヨさんは、子供を望んではいなかった。望まない子を身ごもる不幸をなくすことができるかもしれない。

とめ　でも……でも、おキヨさんは、授かりものだからって、それを受け止めて、授かりものだからって、自分が死ぬことだって受け止めてたと思うがです。それは、授かりものだからで……

久作　…………

とめ　……私は怖いがです……そんげなことが自由になるのは怖いがです。自分の勝手で身ごもってしもた子に……もしも不幸が起こったら……それは、私の身勝手のせいじゃねかって……私は、それを受け止めきれない気がするがです……

久作　…………

とめ　あなたはそうは思われないがですか。

間。

とめ　あなたは研究のために子供をつくるがですか。

久作　……え？

とめ　……仰って下さらんけりゃいかったんです。いっそ、なんも仰って下さらんけりゃ、もし、身ごもったとしても、その子は授かりものでした。あなたには、研究を実証するための子でも……私には、授かりものだったのに……

とめ、出て行く。

久作　ちょっと待って下さい！

とめは戻って来ない。

久作、一人残る。

久作　…………

久作、論文の草稿に無理矢理取りかかろうとする。

しかし、何を書いていいのか判らない。

原稿を投げ出してしまう久作。

久作　…………

と、そこへより子が入ってくる。

より子　荻野先生！

より子を追って半三郎も入って来る。

半三郎　津島さん、荻野先生は今、あなたのそんな話につきあっている暇はないんですよ！

より子　そんな話ですって⁉

久作　一体、どうしたんですか？

より子　今、古井先生ともお話していたんですけど、先程の患者さんのことです。

久作　おハナさんのことですか？

より子　いいえ、その前の患者さんです。

半三郎　……堕胎、を希望されていた……

より子　先生、なぜ彼女の希望を拒否されたのですか。

久作　拒否したわけではありません。もう一度、よく考えて下さいと提案したままでです。彼女は結婚しているし、健康体です。経済的にも問題はないようでした。胎児も順調です。彼女自身にも堕胎の理由が判然としていないように見えましたし、ご主人と……

より子　彼女は夫の横暴に耐えかねていると言ってました。離縁する決心をしているんです。自由になりたいんです。

半三郎　堕胎の上に離縁だなんて、許しがたいことです。先生のご判断は正しかったと、僕は津島さんに言ったんです。それなのに……

より子　だけど、そのために、彼女自身や生まれてくる子の人生が不幸になるのだとしたら……

半三郎　産婦人科の仕事は、人がこの世に生まれ出る手助けをすることなんです！　先生はその使命を全うされようとしてる方なんです！

より子　古井先生は男性ですから、そんなきれいごとを言っていられるんです。自分の身に起こることではないから、その重荷を婦人に押しつけて、命を救うのが仕事だなんて偽善者もいいところです！

半三郎　偽善者⁉　僕が偽善者ならあなたは何です⁉　婦人解放だか、何だか知りませんけど、僕が偽善者なら、あなたはただのわがまま者です！

より子　私は古井先生とお話をしたいのではありません。荻野先生、先生はどう思われるんです？

久作　……どうって。

より子　望んだ時に子供を持ち、望まない時には子供を持たない。これは婦人の権利です。

久作　……私には、堕胎できる技術があります。それだけです。堕胎した方がいい場合とそうでない場合があるでしょう。しかし、私個人としては、基本的には……

より子　おキヨさんは……おキヨさんは、堕胎を希望されていました。先生がそうして差し上げていれば……

半三郎　先生は正しかったんです。おキヨさんだって、そう思っていたはずです。神様が、

より子　おキヨさんをお側に召されただけで、先生は……

（半三郎を無視して先生に）堕胎をしなければならない事情のある女性だっているんです。望まない子を持ってしまった女性が、そして、望まれないで生まれて来てしまった子供たちが、それからどんな人生を送らなくてはならないか、先生はお考えになったことがあるんですか。

半三郎　望まないだとか、望まれないだとか言うのは、人間が浅はかだからです。全ての子供は神様からの授かりものです。全ては神の思し召しなんです。

久作　神の思し召し……

半三郎　そうです。

より子　先生の研究は何のためなんですか。子供を持つことを、女性が自由に選べるためではないのですか。不幸な女性たちと、そして不幸になるかもしれない子供たちを救うためではないんですか。

久作　私には判りません……一体、何のためなのか。

間。

より子　先生には失望しました。

半三郎、久作に助け船を出そうと必死になる。

半三郎　先生、気になさることはないんです。先生は、婦人たちと子供たちを救うために、診療と研究を続けていらっしゃる。そのことは、神様と僕がよく知っています。もう少しで研究が完成するんです。余計なことは考えずに、とにかく完成させることだけを考えて下さい。そのためでしたら、僕はどんなことでもします。この僕が誰にも邪魔はさせません！

間。

久作　……出ていってくれませんか。
半三郎　……え？
久作　私は、君たちの理想を実現するために研究をしているんじゃないんです。古井くんも、自分の理想があるなら、自分で実現したらいいでしょう。自分のすべきことから逃げて、私に理想や期待を押しつけるのは、いい加減にやめにして下さい。
半三郎　先生……
久作　出ていって下さい。二人とも出ていって下さい。
半三郎　…………

どうしようもない間。
半三郎、呆然と、その場を去っていく。
より子は出ていかない。

久作　津島さん。
より子　…………
より子は出ていかない。まだ久作に話したいことがある。
間。
庭に続く扉から、突然、高見が入ってくる。

高見　よお、荻野。
久作　……何の用だ?
高見　奥さんが弁当届けに来てただろう。愛妻弁当を味見させて貰おうと思ってね。
久作　ここにあるから食ってくれ。俺は食べたくない。
久作　どうしたんだ。もうすぐ完成をみる論文のことで胸が一杯で食えないのか?
久作　…………

高見　まあ頑張ってくれ。こっちは文字通り高みの見物だ（一人で笑う）。

　　高見、より子がいるのに気づく。

高見　あら、よりちゃん、いたんだ〜。よりちゃんがいるのに気がつかないなんてどうかしてるな、俺。

より子　…………

高見　どうしたの？　よりちゃんまでご機嫌斜め？　仕事のし過ぎじゃないの？　そういう時にはね、俺と二人でうまいもん食いに行って、ぱーっとうさ晴らしでもすればいいと思うんだけどな〜。

より子　…………

高見　（二人の間の緊張した雰囲気に気づいて）席を外していましょうか。

二人　…………

高見　はい。

　　高見、「これ、貰っていくよ」と弁当を持って待合室へ出ていく。

　　間。

より子　私の母の話です。母は、若い頃、ある男性と恋に落ちました。ありきたりな話ですが、その人は貧しい画家でした。母の家は古い家柄で、結婚を反対されて、母は家を飛び出し……そして、二人で暮らし始めてすぐに、母は私を身ごもりました。そのために、父は絵の道を諦めて働きはじめました。けれど、やはり父は絵を諦めることができませんでした。私が生まれる少し前に、父は突然姿を消したそうです。母は、たった一人で私を産み、私を連れて家に戻りました。そして、いつまでも……今でも、父が戻ってくるのを待っています。母は、私を可愛がってくれました。でも、ある時、母はこう言いました。「もし、あの時、おまえができていなかったらねえ」私は、母を不幸だと思いました。子供を持つことを自由に選べるようになれば、私たちはもっと幸せになれると思うんです。

久作　…………

より子　先生のなさっていることはそのためなのではありませんか？

久作　…………

より子　そうではないのですか？　先生……

久作　…………

より子　失礼します。

より子、出ていく。

待合室の高見、それに気づいて、弁当を持ったまま嬉しそうに立ち上がる。

高見　あら、よりちゃん、もうお話終わったの？

より子　…………

より子、高見を見る。
高見が初めてみるより子がいる。
より子、泣いてしまう。

高見　よりちゃん……？

より子、うつむいて泣き続けている。
高見、より子に近寄る。
走り去る、より子。
高見、それを見送る。
高見、診察室の扉を開ける。
一人、座り込んでいる久作がいる。
明るかった夏の空は、いつのまにか曇っている。

遠くで雷の音。
そして、にわか雨。

暗転。

暗転中、久作が日記を読む声が聞こえる。

久作（声）「八月十日。晴れて、甚だ暑し。入道雲立つ。昨夜もやはり寝つかれず。八月十三日。久子、このところ、夜泣き激し。夏風邪を引いたらし。とめの不注意と義母の叱責。その騒ぎの間、余は終始無言なり。論文も何もせぬのに、疲れることおびただし。八月二十八日。夕立あり。稲妻、雷鳴に驚いて久子大泣きす。酒を少々飲む。思ったより酩酊す。何の為に日々を過ごすか。ただただ、無為な日々なり。九月十日。余は、如何なる目的の為に医師になりや。如何なる目的の為に研究をせしや。如何なる目的の為に『婦人の排卵期』の謎を解かんと思いしや。九月十二日。軒先の吊忍がいつの間にか枯れている。水をやり忘れたらし。哀れなり。養母は朝から晩まで下らぬ小言づくめなり。何とか努めても、片端からぶち壊され、不快限りなし」

第三場　秋

同じ年の秋。
虫の声。

診療もとうに終わった夜。
久作、弁当を食べ終えたところ。
とめ、お茶を入れ直している。
半三郎、帰り支度をして、待合室に入ってきて、診察室の前に立ち止まる。
そして決心したように、扉を開ける。

半三郎　お先に失礼します……あの、先生、明日の午前中は、大学の研究室に行こうと思っているので、こちらには午後から参ります。
久作　判りました。お疲れさまでした。
とめ　お疲れさまでございました。

半三郎　失礼します。

半三郎、帰って行く。
ノートに向かっている久作。
とめ、お茶を出しながら、

とめ　あの、あなた……お帰りは、今日も遅くなりますよね。
久作　……そうですね。
とめ　……帰ります。

まだ二人の間のわだかまりはなくなっていないようである。
とめ、帰ろうとする。
が、一旦、立ち止まる。
何か言いかける。
が、やはり何も言わずに、立ち去る。
久作、無理にでも書き続けようとする。

久作　即《すなわち》、先行月経は排卵を支配せずして、排卵は次回の月経を間接に支配す、故に排卵の時期は予定月経に対して求むるが合理的にして、先行月経に対して求むるは不合理なり……しかし、しかしなあ……

と、ハナが庭に続く扉から、そっと入ってくる。
ハナは、妊娠五ヵ月くらい。

ハナ　……荻野先生。
久作　ああ、おハナさん。どうしました？　どこか具合が悪いんですか？
ハナ　いえ、そうじゃねえがです。今、一人でテキドに散歩してたら、病院の前を通り掛かりやして、そしたらこちらに灯りがついているのが見えましたすけ。それで……ああ、先生が、まだこっちにおいでなさるなあと思って、ちっとご挨拶にめえりやした。
久作　そうですか。どうぞ。
ハナ　お仕事していなさるがでしたら、失礼いたしますすけ。
久作　いえ、ちょうど、休憩していたところです。
ハナ　そうらかね。
久作　どうですか、調子は。
ハナ　んだね、具合の悪いとこは、どこも……

久作　それは、良かった。
ハナ　……はい。

久作、ハナのためにお茶を入れている。
ハナ、それに気づいて、慌てて、

ハナ　先生、あの、結構ですすけ。
久作　いいんですよ。

ハナ、お礼の会釈をして、久作の机の方を見て、

ハナ　先生、学問の方はどんげですか？
久作　そうですね……もしかすると、でき上がらないかもしれません。
ハナ　なんでですか⁉……あ、おれのような学のねえもんが伺っても、判らねえですども。
久作　簡単なことなんです。私は駄目な医者なんです。駄目な研究者なんです。だから、です。それだけのことなんです。
ハナ　先生はいい先生です。立派な学者さまですいね。

久作　……おハナさん、私はね、私の研究や医者という仕事が、女性たちを、人々を、救うことになるのだと自惚れていました……しかし、本当にそうなのか……判らなくなってしまったんです……もしかしたら、私の研究や診療が、女性たちや子供たちや、多くの人々の人生を左右することがあるかもしれない。時には、苦しめることになってしまうのかもしれない……だとしたら……

ハナ　そんげなことはありません。先生は、おらに子宝を授けて下さいやした。先生は神様のようなお方ですいね。

久作　……人は、神様になんかなっては、いけないんじゃないでしょうか。子宝は、天からの授かりものです。それなら、それはそのままにしておかなくてはいけないのかもしれません。でも、授かりもののために苦しむ人もいます。私は……

ハナ　先生……

久作　私は、この研究がしたかった。是非とも完成させたいと思っていました。それがもうあと少しの所に来ているというのに……私は、何のためにここまで来たのか判らなくなっているんです……

久作、お茶と椅子をハナにすすめる。

間。

ハナ　先生……
久作　はい。
ハナ　おらは、赤ん坊が欲しかったがです。それで、ようやっと、身ごもることができやした。
久作　はい。
ハナ　それなのに、おら、つまらねえこんで……赤ん坊なんていらねえと思ってしまったがです。
久作　（驚いて）何があったんです？
ハナ　身ごもって、お父《と》ちゃんもお義母《か》さんも、大層喜んでくれやした。で、お義母《か》さんが言ったがです。「おハナはようやった。赤ん坊ができて、本当にいかったなあ」って。お父《と》ちゃんも「そうだ、そうだ」って。
久作　褒められたんじゃないですか。
ハナ　それから、お父《と》ちゃんが「やっぱり、赤ん坊が産めねば、女じゃねえもんな」って。そしたらお義母《か》さんが「そうだ。そうだ」って。それで、おれ、やっぱり赤ん坊ができんけりゃあ、おれは用なしなんだと思ったら、なんか腹が立ったっていうか……頭が煮え立ったっていうか。いっそ、この子が生まれんけりゃあいい、なんて。
久作　おハナさん。

ハナ　それに、思うがです。もしも……もしもこの子が……五体満足な子でねかったら、また、お義母《か》さんに叱られるんじゃねえだろうか。そう思うとこの子を産むのが、怖くて……おれ、これじゃあいいお母《か》さんになれねえような気がするがです。

久作　（ハナのために何か話してあげられることがないかと必死に考える。思いつく。自信はないがとにかく話し始める）私は中学の時に、荻野の家に養子にきました。学問がしたくて。実家は農家で、しかも次男坊で、大学に行かせて貰える見込みはありませんでした。荻野の養子になれば大学に行かせて貰えたんです……私は、それ以来、殆ど自分の母に会っていませんが……私は、母のことが好きです。明るい人なんです。周りにいる人皆を明るくすることができる人なんです。大学を出た時、実家に帰って、母に卒業証書を見せました。母は額にその卒業証書をおしいただいて、それから、満面の笑顔で「良かったねえ、久作さん」と言ってくれました。卒業した時、荻野の母に「これからは元手を掛けた分、返してもらわなけりゃあ」と言われ、正直、私は気が滅入っていました。何のための学問だったんだと思わずにはいられませんでした。でも、その母の笑顔を見た時は、心から「ああ、学問をしてきて良かったんだな」と思えたんです。

ハナ　いいお母《か》さまですね。

久作　いいお母《か》さまです。おハナさんは……私の母にちょっと似ています。だから、私は、おハナさんもきっといいお母さんになれると思うんです。

ハナ　そうでしょかのぅ。

久作　（真剣に）きっとそうです。

ハナ　おら、九つの時に、母《かあ》ちゃんを亡くしました。いい母《かあ》ちゃんでした。着物も縫ってくれたし、んめえご飯を作ってくれやした。それから、お手玉を作ってくれやした。お手玉の数え歌も教えてくれやした。おら、母ちゃんみてえになりたかったがです。でも、母《かあ》ちゃんみてえになんでもできやしません。なんも教われなかったすけ。んでも、おれ、お手玉だけはできるがです。せめて、子供にお手玉をして歌を歌ってあげようって、思ってたんだども……（静かに）おれ、母《かあ》ちゃんになりたかったがです……

久作　おハナさん……もしかしたら、いつか、赤ちゃんがお腹にいる内に五体満足かどうか判る日がくるかもしれません。

ハナ　本当だがね？　この子が生まれる前《めえ》に判るようになりますでしょか。

久作　もっとずっと先のことでしょう。

ハナ　……そうですか。

久作　もし、五体満足じゃないと判ったとしたら、どうしますか？

ハナ　どうしますかって……

久作　その子はいらないですか？

ハナ　あ……

久作　おハナさんは、子供が欲しいですか？　お父ちゃんのためでも、お義母さんのためでもなく、おハナさん自身は子供が欲しいですか？

ハナ　（よく考えて）……欲しいです。この子に生まれて欲しいです。

久作　それなら私は、おハナさんが元気に赤ちゃんを産めるようにできるだけのことをします。私にはそれしかできません。

ハナ　…………

久作　人というのはですね、おハナさん。生まれた時に五体満足でも、怪我をすることもある。病気になることもある。何が起こるか判らないもんです。絶対に病気にならず、怪我もしない子を産むなんて、無理な相談です。

ハナ　（久作をしっかりと見つめて）ありがとうございます。

と、そこへ、久作ときちんと話をしようと、とめが戻ってくる。
が、ハナがいるのに気づいて待合室で立ち止まる。

ハナ　先生は、いいお医者さんですども、お家ではきっといいお父《と》さまなんでしょうね。

久作　いいえ、駄目です。家にはちゃんと帰れないから、子供の寝顔しか見られません。

ハナ　いいえ、先生はいいお父《と》さんだと思います。先生は、学のねえおらに難しいことを色々教えて下せえやした……コーゴーのことも、泳いでおられる方のことも、おらの腹が痛くなった時にコーゴーすると子宝が授かることも、いいお母《か》さまのことも……おら、学がねえだども、凄く腑に落ちやした。先生にお任せすれば大丈夫だと思いやした。そいで本当に大丈夫でした。先生は、まだなんも知らねえ子供たちに、いっぺえの話をしてやれる、いいお父《と》さまなんだと思いやす。

久作　おハナさん……今度生まれて来る私の子供のことなんですけど……

ハナ　奥様、おめでたなんですか？

久作　いいえ、まだできていないんです。あと五人くらいできたらいいなあと思っているんですが……次の子の名前は考えてあるんです。男の子だったら、博、女の子だったら、博子というんです。

ハナ　へえ。

久作　論文が完成したら、博士号を貰えるはずなんです。その論文をその子に捧げるつもりでいるんです。で、博士号の博という字を取ったんです。

ハナ　そうらかね。

久作　家内には内緒で、姓名判断をしましてね。医者のくせにそんな非科学的なことをするなんて、ちょっと恥ずかしいですからね。そしたら、いい名前だって言われたんです。幸せになる名前だそうなんです。

ハナ　おれもそう思いやす。そのお子さまはきっと幸せになられやす。

久作　……ありがとう。

間。

ハナ　おら、そろそろ失礼いたしますいね。
久作　そうですか。じゃあ、その辺までお送りしましょう。
ハナ　そんげな。勿体ねえ。
久作　いいんです。テキドに散歩でもしたかったところなんです。
ハナ　はい。

二人、立ち上がる。
待合室のとめ、二人が入ってくるのかと思い、慌てて、椅子の陰に隠れる。
久作、庭に続く扉を開けながら、ハナを見つめて、

久作　おハナさんのお父ちゃんは、きっとおハナさんのことが大好きなんでしょうね。
ハナ　どうでしょうか。
久作　きっとそうなんだと思います。

二人、庭へ出ていく。

とめ、まだまだ隠れている。
と、廊下から待合室へ高見が入ってくる。

高見　荻野～、いるか～？（隠れているとめに気づき、訝しげに）奥さん？

とめ、慌てて取り繕って、

とめ　荻野は、ちっと席を外しているようなんです。
高見　後一歩ですね。荻野の論文。
とめ　……もしかすると、でき上がらないかもしれません。
高見　え？
とめ　私のせいで、です。
高見　どういうことですか。
とめ　論文のためには実証がいるのだそうです……そして、そのために、私に、身ごもって欲しいのだと言いました。
高見　なるほど。で？
とめ　私は、そんなことは嫌だといいました。怖いがです。私は、子供というのは、天からの授かりものだと思っていました。研究のために、人の勝手な都合のために、人を作ってしまっては、いけないんじゃないかと思うがです。でも……

間。

高見　確かに、彼の研究は、子供を天からの授かりものでなくすことになってしまうかもしれません。しかし、荻野は大きな謎を解いた。それは偉大なことです。それは間違いなく偉大なことです。

とめ　ですが、私は……

高見　たとえ荻野がやらなくても、人はどんどん謎を解いていくでしょう。つまりは、科学はどんどん進んでいく。それは素晴らしい必然です。但し、それには福音だけではない。もう一つの側面が出てくるでしょう。それも必然です。

とめ　はい……

高見　今、子供は天からの授かりものではなくなり、これから、ますます授かりものということから遠ざかっていくでしょう。その時、女性たちは悩まなければならない。今までは、自由に選べないために女性たちは苦しんできました。これからは、選べるが故に悩まなくてはならないんです。それは苦しいかもしれないが、進化した悩みです。確実に一歩進んだ偉大な悩みです。あなたは選べるということを悩むことになった世界で初めての女性なんです。

とめ　私は、どうしたらいいがでしょう。

高見　自分なりの、自分を偽らない答えを見つけることです。荻野の発見した新しい事実にあなたなりの納得を見つけることです。

とめ　私なりの……

高見　それが、見つけられなければ、あなたがそれで幸せでなくなるのなら、断わればいいんです。進歩を確実に福音にしていくためには、その進歩で幸せになれるのかを、考えなくてはいけないのだと思います。

とめ　…………

久作、庭から診察室に戻ってくる。
待合室から高見の声が聞こえてくるのに気づいて、そっと覗く。
高見、黙っているとめに目をやる。そしてまた話し始める。

高見　僕が医者になったのは、父親が医者だったからです。しかも、貧乏医者だった。要領が悪かったんです。僕の方がもっと上手くやれると思った。それと、ちょっとばかり勉強ができた。

とめ　はあ。

高見　実は、手っとり早い金儲けの秘策を思いついたんです。金持ちの手術をする時にですね、麻酔を掛ける前にこう訊くんです。「松、竹、梅、並の四通りの手術がありますが、どれにしますか？　勿論、松が一番お値段が張ります」当然、慌てて「松！」って言いますよね。でも、実は値段が違うだけ。中身は同じなんです。僕は開業したら、この方式でやろうと思ってるんです。

とめ　まあ。

とめ、ちょっと笑う。

高見　荻野という男は、彼は研究者です。紛れもない研究者です。彼には知りたいことがあった。知りたいということは、謎を解き発見するということは、それは、どんなことであっても偉大であることに間違いはありません。

とめ　……そうでしょうか。

高見　荻野は自分は何のために研究をしてるのか、判らないと言っていました。その答えは簡単なことです。荻野はまだ世界の誰も解いてない謎を解きたかっただけなのです。純粋にそれだけなんです。それが研究者ってものです。（久作に）荻野、俺はそう思うんだよ。

久作、診察室から出てくる。

久作　…………

とめ　あなた。

高見　荻野、君は研究者をやっていきたまえ。解きたい謎が、解かずにはいられないことが、俺にはない。しかし、君にはそれがある。

久作　俺は、ただ研究がしたかっただけなのかもしれない。だが、それでいいんだろうか……

高見　それでいいんじゃないか。それだからこそ、研究っていうのは、凄いものなんじゃないのか。

久作　そうなのか。

高見　じゃあ、俺は失敬するよ。いつまでも、夫婦の会話の邪魔をしてても、面白くもなんともない。

高見、出ていく。
とめ、深くお辞儀をして、高見を見送る。

とめ　あなた……

久作　はい。

とめ　その……子供のことなんですけど……

久作　……はい。

とめ　私、もっとたくさん、子供が欲しいと思っているがです。だから……子供を産もうと思うがです。

久作　とめ……

とめ　それで私は、きっと幸せになれると思うがです。

久作　……ありがとう……ありがとう！

とめ　それに、いい名前だと思うがです。あなたが考えて下さった子供の名前……

久作　……え？

とめ　そしたら、今度はいつ、ぺけ印があればいいがですか？

久作　それは……

久作、慌てて診察室に飛び込んで、とめのカレンダーを出して調べる。

久作　それは、今夜です！

とめ　今夜ですか？

久作　確実に間違いなく今夜なんですよ！　こうしてはいられません。すぐに帰りましょう！　なにせ今夜は記念すべき、ぺけ印なんですから！

とめ　はい。

二人、一緒に出て行く。

暗転。

暗転中、久作が日記を読む声が聞こえている。

久作（声）「十一月二十八日。論文の本文執筆に取りかかる。黄体の観察症例、五十三例。受胎についての症例三例。ついで、とめの妊娠が成れば、排卵の時期の特定には、十分なり。とめの懐妊が待たれる。論文の完成は年明け早々か。

十二月三十日。とめの懐妊、確定せり。余の仮説の正しきこと、証明さる。本格的に論文の執筆に没頭。年賀状の手配はとめに任せる。とめ、悪阻で気の毒な様子。

一月五日。ついに、論文は結論の章に至る……

『結論。排卵の時期は、予定月経前第十二日乃至第十六日の五日間なり。換言すれば、卵子が受精せざる場合に於いては、排卵後十三日乃至第十七日目に於いて月経は来潮すべし。この時期は月経周期の長短によりて移動することなし。排卵の時期を先行月経に対して求むるは不合理なり、従来文献に於ける矛盾は斯くの如き不合理なる考察の結果に帰する所多し……』」

論文はフェードアウトしていく。

久作（声）　「ここに我が論文脱稿す」

第四場　冬

年が明けて、二月頃。
雪が降っている。
外は一面の銀世界。

診療の終わった夕方。
診察室では久作がカルテに何か書き込んでいる。
身支度を整えたとめ、処置室から出てくる。
とめ、妊娠五ヵ月くらいのお腹をしている。

久作　順調ですよ。
とめ　男の子ですか？
久作　それは、さすがにまだ判りません。
とめ　どっちでもいいですけど。

久作　もう安定期に入りましたから、夫婦生活は普通にあっても構いませんよ（いつもの癖で患者さんに言うように言ってしまう）。
とめ　そんげなこと、あなた、ここで言わねでも……
久作　あ、ああ。それはそうだった。

半三郎とより子、雑誌（『日本産婦人科学会雑誌』）を持って入ってくる。
二人とも白衣は着ていない。

半三郎　先生！　来ました、来ました！
久作　どうしたんです？
半三郎　あ、奥様、いらしてたんですか。
とめ　どうも。
半三郎　どうですか、「ヒロちゃん」は？
とめ　順調みたいです。
久作　それで、誰が来たんですか。
より子　先生の論文です。先生の論文が載ってるんです！
久作　そうですか！

一同、雑誌を覗き込む。

半三郎　「排卵の時期、黄体と子宮粘膜の周期的変化との関係、子宮粘膜の周期的変化の周期及び受胎日に就いて」荻野久作。凄い！　凄いです！

久作　凄いことなんかありませんよ。当たり前の事実を当たり前に記しただけです。

半三郎　「従来の文献に於て、少なくとも本邦及び独墺《どくおう》に於ける業績に於いては何れも先行月経を標準として各人各様の結論に到達し、紛々として帰する所なく未だ何人も予定月経を標準として排卵の時期を研究せしものなきは、寧ろ余の不可思議とする所なりと云わんのみ」やってやりましたね、先生！　これはドイツ医学界への挑戦状ですよ！

久作　謙虚じゃなかったですか。

半三郎　そんなことありませんよ。奴らに思い知らせてやればいいいんです。日本男児の心意気ここにありです。

より子　知りませんでしたわ。古井先生って国粋主義者でしたのね。

半三郎　思想は臨機応変に、信仰は生涯一路です。……先生、本当におめでとうございます。

久作　ありがとう。これで、博士号が取れればいいんですが。

半三郎　取れますよ。私だったら差し上げます。

より子　先生、私もこれは大変な発見だと思います。ただ科学的な快挙というだけでなく、これで多くの女性が救われることになると思います。多産で生活に困っている女性は、先生が発見した事実を応用すれば、避妊ができるかもれません。不妊に悩んでいる女性も、受胎しやすくなるでしょうし。

久作　理論的には、です。それが人の役に立つには、まだまだ研究が必要です。

半三郎　先生、僕は思うんです。神は生命を人の手で奪うことをお許しになっていません。ですから、堕胎は罪です。けれど、この理論を応用して避妊をすることは神もお許しになると思うんです。命を奪うことは、ありませんから。

久作　なるほど。

半三郎　先生、お話しなければと思っていたんですが。

久作　何ですか？

半三郎　僕はドイツに留学しようと考えています。

久作　ドイツですか。それは羨ましい限りです。

半三郎　向こうに行ったら、精進を重ね、先生のこの論文以上の論文を書き上げてみせます。

久作　テーマは決めてあるんですか？

半三郎　本当は「聖母マリアの受胎を科学的に証明する」という論文を書きたいのですが、「結核菌の生殖に与える影響」を研究します。教授に頂いたテーマですが、それも興味深く、また有益だと考えたんです。

久作　是非とも頑張って下さい。

そこへ、高見やって来る。

高見も白衣ではない。

手には久作の論文が載った雑誌を持っている。

高見　荻野、とうとう論文のお披露目だな。

久作　ああ。どんな文句も批判も、受けて立つ積もりだ。

高見　遠慮なく文句を言うが。

久作　え？　ああ。高見の批評を聞きたいと思っていたんだ。

高見　診療の仕事をしながら、これだけの論文を書いてのけるというのは、実にけしからん。俺が考えるに、荻野には実は双子の弟がいて、二人で交代で病院に来ているとしか考えられない。が、そんなことを言っていると、荻野に嫉妬していると思われると悔しいので、潔く言おう。脱帽だ。

久作　ありがとう。

高見　そして、潔く、もう一言だけ言わせて貰おう。この発見は世界の医学界を震撼せしめるものだ。日本人だけに読ませるのはもったいない。ドイツ語に書き直して、ドイツの産婦人科学会誌に投稿したまえ。

久作　ご忠告、有り難く受け取ろう。
高見　これだけの論文を書いたんだ。これからは研究だけに打ち込めるだろう。研究室の方も、放ってはおくまい。
久作　高見、私はこれからも研究者と医者の二足の草鞋でいこうと思う。
高見　それは、またなぜだ？
久作　研究はしたい。が、その研究で見出したことを、実際の現場で、どう活用していくか、その実践も、自分自身の手で責任を持っていきたい。そのどちらともをしなければ、自分の進んでいく先を見誤るような気がするんだ。
高見　相も変わらず現実離れしたことを言う奴だ。君が医師をやめたら、俺がその隙に腕を磨いて、荻野以上の臨床医と呼ばれてみせる目論見だったのにな。じゃあ、俺も研究でもして荻野以上の論文をモノにするしかないか。
より子　その方がよっぽど現実離れしてますわね。
高見　その時は、よりちゃんに手伝って貰わないと。
より子　私が、何をするんですの？
高見　荻野の論文のここを読んで下さいよ。「本例に於いては毎月排卵の時期に先つこと六日乃至八日に於いて媾合の行われたること五ヵ月に及べるも更に受胎することなく、最後に排卵の時期の前日に行われたる媾合によりて受胎せる例なり」これを読み呆れることしきりだ。自分の夫婦生活を、論文に堂々と記すとは正にこれこそ脱帽ものだ。だから、俺が論文を書く暁にも、協力してくれる女性が是非とも必要なわけだ。そして、それは是非ともよりちゃんであって欲しい。

より子　高見先生、外科なら、女性である必要はないんじゃありませんか。

高見　しまった～。

より子　私をたぶらかすおつもりなら、もうちょっと上等な作戦にして頂きたいですわ。

高見　は～い。

半三郎　なんてことだ。津島さんが高見先生に軽口を叩くなんて、あってはならないことです。

高見　古井くん、君もにぶいね。

古井　は？

高見　じゃあ、祝杯でも挙げに行こうか。

半三郎　そうですね。是非行きましょう、荻野先生。

高見　古井くん、君は気も利かない。奥さんの協力なくしてはできなかった、夫婦生活暴露論文の完成祝いだよ。荻野夫妻は二人きりにしてあげたらどうなんだ？

半三郎　じゃあ、高見先生、誰が祝杯をあげにいくんです？

高見　俺とよりちゃんと、仕方がないから古井くんの三人だよ。

半三郎　それは、僕は、何だか祝杯という気持ちにはなれません。

高見　いいからいいから。

より子　（久作ととめに）それでは、失礼いたします。

より子たちが出ていこうとするので、半三郎も一礼して、慌てて二人の後を追う。

久作　（とめに）じゃあ、お言葉に甘えて二人で祝杯をあげるとしましょうか。
とめ　はい。
久作　ついでに……お祝いのぺけ印……というのはどうです？
とめ　え？
久作　いや、いいんです……。
とめ　い、いえ……

その時、廊下の方からわめきちらす男の声。

男　荻野せんせ〜い！　荻野先生はどこですかのぉ〜！
久作　？
男　産婦人科はどこですか〜。
久作　ここです！

久作、扉を開ける。
男、飛び込んで来る。
臨月のハナを連れている。
男はハナの夫の佐吉である。
高見たち三人も戻ってくる。

久作　どうしました？
佐吉　おハナが、おハナが……う、生まれるんですいね！
久作　陣痛ですか？
ハナ　あの、ちっと痛《いと》うなっただけながに、まだ、大丈夫だっていうがに、お父《と》ちゃんが……
佐吉　大丈夫《でえじょうぶ》なこたねえだよね、先生。これだけ、腹がでっこくなってて、痛《いて》えって言うたら、それは生まれるに決まってるだよのう！
久作　そうですね。陣痛が始まっても、おかしくないですね。
佐吉　ほれ、おらの言うた通りだ！
より子　じゃあ、あちらへ（処置室を指す）
佐吉　先生！　よろしゅうお願《ねげ》え申します！

半三郎、「この男がおハナさんの旦那さんなのか」と男に気を取られていて、より子にどやされる。

より子　古井先生、ぼやぼやしないで下さい！

半三郎　はい。

佐吉　先生！先生！　おらは何をしやしょう。なんでも言いつけてくんなせえ！

久作　おとなしく、待っていて下さい。

佐吉　へえ。

ハナ連れて行かれかけて、

ハナ　あ、それから、先生、家でお義母《か》さんがへっついの脇で腰抜かしてしもていて、助けてあげてくんなせえ。

佐吉　あんなババァはほっときゃあいいがです。這って歩いたって大事ぁねえです。それより今はおハナですて。

久作　腰を抜かしたなら、外科ですね。

高見　仕方ない。ババァは俺に任せとけ。（佐吉に）さあ、案内したまえ。

佐吉　だども先生、おらはおハナと一緒に……（いたいんです）
高見　君はここでは役立たずだ。
佐吉　（悲しい気持ち）へえ。

高見、さっさと出ていこうとする。
が、佐吉はおハナのことが心配である。

佐吉　おハナ、頑張れ〜！　先生！痛《いと》うしねえでやってくんなせえ！　おハナ、すぐ戻って来るからなあ〜！

ハナ、判ったと合図をする。
より子、半三郎、ハナを促して処置室へ入っていく。
高見、佐吉を廊下に押し出す。
久作ととめ、二人になる。

久作　（小声で）と、いうことなので、ぺけはもしかするとなしです。
とめ　……判りました。
久作　すみません。

とめ　仕方ありません。産婦人科医の妻なんですから。

久作、処置室に入っていく。
久作を見ているとめ。
とめ、論文を捧げ持って深く頭をさげると、机の上に置く。
処置室の方を振り返るとめ。

ゆっくりと暗転していく。

幕。

あとがき

飯島　早苗

脚本を書いていて一番苦しいのは、そりゃ勿論、書けない時です。でもって、今まで、息も絶え絶えにやってきましたが、その殆どは書けない時でした。それでも二度ほど、奇跡の時が訪れたことがあります。一度は十年ほど前で、神様か何かが乗り移ったように、何も考えないでも台詞がどんどん頭の中に溢れてくるし、一つのシーンを書きながら次のシーンの台詞まで浮かんでくるし、書く手が間に合わないような状態でした（当時は手描きでした）。その時は、マジで自分は天才なんじゃないかと思いました。が、その奇跡状態は三時間しか続きませんでしたし、前にも後にもその一度だけです。これだけやってきて、たった一度だけでした。まあ、それだから奇跡という訳ですが。

そして、次の奇跡は、この『法王庁の避妊法』をやりたいと思った時のことでした。

ある日、趣味の本屋巡りをしていた私は、一冊の本と出会ったのです。『法王庁の避妊法』という小説でした。それが奇跡なことには、なんと書棚の中で背表紙が光って見えたのです。本屋さんの棚の中から、この本が「私のことを読んで」と訴えているような気がしたのです。「これはなんか運命のような気がする……この本を買わなくては！」そして私は、もともと買うつもりでいた『動物のお医者さん』とともに、この運命の小説『法王庁の避妊法』を購入したのです。

運命に導かれるように、私はこの本を読みました。そこには、あの「オギノ式」で有名な荻野博士の物語が書かれていました。その時、再び奇跡が訪れたのです。この小説の中の場面が、舞台の上で演じられている所が頭の中にはっきりと浮かんだのです。「これは、芝居になるかもしれない」。

私は作る前から、この舞台の成功を信じて疑いませんでした。何しろ、奇跡がすでに起こっているのです。しかし、多分その時の奇跡の力は小説と出会った時で、効力が切れていたのです。それから舞台にするまでは、奇跡のきの字さえ感じられない困難な日々でした。

とりあえず、準備稿を書き始めてはみたのですが、筆はちっとも進まないし、話はまとまらないしで、全然すんなり脚本になってはくれません。その上、荻野博士の話を芝居にするのだから、やっぱり荻野博士の論文を読まなきゃいけないんじゃないかということで、なんと生まれて初めて医学論文を読むという作業も加わってしまったのです。私の前に立ちはだかる医学用語の羅列、しかも大正の終わりに書かれたものなので、昔の文体や今はもう使われない難しい漢字攻撃にもさらされました。ただ読むだけで丸一日。もう内容を理解しようとするのは諦めました。それでも、夢の中まで、黄体だの卵胞だの予定月経だの血管新生期初期だのという言葉が出てきてうなされました。更に、演出であり、ともに脚本を作った鈴木との脚本作りの話し合いの日々が続きました。その話し合いの中では、荻野先生の物語だけでなく、自分たちにとって子供を産むということは何なのか、生命を扱っていくということは何なのか、研究をしていくということは何なのかということなどを考え、話し合い続けました。泊り込んでの合宿状態で、打合せの日々が続いたのです。奇跡の予感はどこへやら、汗と寝不足と罵声の飛ばし合いの中で、この脚本は作られていったのです。

おかげで排卵のメカニズムについては今まで以上に詳しくなりました。この芝居の稽古の時、勿論女性陣はそういう知識がある訳ですが、男性陣には「月経」と「危ない日」と「安全な日」という三つの別々な点としか理解していない人が多くいました。おかげで、私は質問にやってくる男性出演者に向かって「つまり、ここで排卵が起こると黄体ができて、その後、子宮内膜ができて……」とその流れを説明しなくてなりませんでした。もう芝居の稽古場というよりも、性教育の現場といった状況でした。稽古が佳境に入る頃には、普通ではあまり口にしない月経とか媾合とかいう言葉が、平気で飛び交っていました。知らない人が突然稽古場にやってきたら、びっくりしたことでしょう。

奇跡の予感で始まり、寝不足合宿の果てに脚本ができあがり、性教育の現場のような稽古場で作られた芝居が、この戯曲『法王庁の避妊法』です。

鈴木　裕美

ある日、飯島から「こういう本を見つけて、芝居にできないかと思ってるんだけど」と持ちかけられた私は、即座に「それやろう、今やろう、すぐやろう」と答えました。こと芝居に関しては、石橋を叩き過ぎて壊してしまい、結局泳いで渡ることになるのもしばしばの私にとって、それは、自分でもびっくりするような出来事でした。

以前から、研究者と呼ばれる人達へのインタビュー集等を読み、「研究者って人種はなんて面白いんだ。研究者を題材にした芝居が作ってみたいもんだ」とは思っていましたし、三〇を過ぎた女性として、子供を産むか産まないかという選択は、全く他人事じゃないリアルなテーマであり、「芝居にできたらな」とも思っていました。しかし、それを面白く芝居にする方法が見つけられていなかったのです。どんなにすばらしい思想やテーマがあっても、それを面白く観せる方法が見つけられなければ、芝居にはできません。飯島から〝妻に月経やSEXの記録をつけさせ、あまつさえ、それを論文に発表してしまう荻野センセイ〟の話を聞いたとたん、そのセンセイがいれば絶対面白い芝居になる！ビンゴ！と私の中で鐘が鳴り響きました。飯島はもちろん、既に鐘が鳴っていたので、その日の打ち合わせは、私達のいつものそれとは全く違い、笑顔をもって終了しました。

そしてもちろん、それからの打ち合わせに、あまり笑顔は登場しませんでした。脚本の打ち合わせを始めてすぐに、私達は大変なことに手をつけちまったらしいぞと判りました。例えば、堕胎について考えるということは、ヒトはどの時点からヒトなのかということを考えることであり、それは、ヒトはどの時点までヒトなのかということを考えることだったのです。そのため、長い打ち合わせの日々の中のある一日は、脳死について話し合ううち暮れていきました。その他にも、フェミニズムについて、日本における宗教について、インフォームド・コンセントについて、代理母について、等々と、死ぬまで生テレビ状態が繰り返されたのでした。

そうして、脚本はとりあえず完成しました。そして幸いにも、この物語をとても愛してくれ、少しでも面白くしようと努力してくれた出演者、スタッフに恵まれて、稽古場でも直しを重ね、芝居は好評のうちに幕を降ろすことができたのでした。

話はとびますが、映画監督の友人と話していて、いつもちょっとうらやましいと思うのは観客の話になった時です。映画はフィルムというくらいですから、最終的完成の形がフィルムです。フィルムは比較的簡単に持ち運びができ、映写機とスクリーンと暗い所さえあれば原則的にはいろいろな所で上映できます。日本全国は言うに及ばず、字幕がつけば、外国でだってです。つまり、いろいろなお客さんに出会える訳です。「フランスのおばちゃんにこう言われたけど、イギリスの兄ちゃんにはこう受けとめられたみたい」なんて話を聞くと、ちょっといいなぁと思います。演劇も旅公演はできますが、映画よりはるかに多くの人や物が移動しなければなりません。しかもフィルムは複製できるので、同時にいろいろな場所で上映できるし、一日五回上映しても「疲れた、もうできない」とか言い出さないし、その上フィルムは物なので保存もできるのです。それは、未来の観客にも出会えるということです。言うまでもないことですが、そういうことができないところが、演劇のいいところであり、私の好きなところでもあります。今ここで行われている演劇は、今ここにしかなく、今ここにいる人しか観られないのです。

戯曲は演劇の設計図のようなものであって、演劇そのものではありませんが、持ち運びに便利で、複製できて、保存もできます。戯曲として出版できたことで、出会えなかったはずの人に出会えることは喜ばしい限りです。もし、答の載っていないナゾナゾの本みたいに読んでもらえれば、喜ばしさは倍増です。私達の上演は私達の答ですが、もちろん、それだけが正解じゃない訳で、この戯曲を読んで下さった方の頭の中に、それぞれの答が浮かぶといいなぁと思っています。すごくいい答が出たと思ったら、是非実際に上演して下さい。

ちなみに、これを書いている現在は、再演の稽古前です。その戯曲は、初演時の上演台本に改良を加えたもので、再演の上演台本になるハズです。ハズというのは、稽古の過程でさらに面白くする方法を思いついたら、また変わるからです。とめを背の高い山下裕子さん、久作を秦の始皇帝に瓜二つの山西惇さんがやって下さるので、そういう設定になっていますが、とめをやる方が背が高くなきゃダメってことではありません。そんなこと言ったら秦の始皇帝に似ている役者は彼しかいないでしょうから、彼しかできないことになっちゃいます。

それから、荻野先生は、実際にはこんなマヌケなお人柄ではありません。当時の対談等を読む限り、非常に知的で、ユーモアのセンスのある方です。飯島と鈴木がマヌケな登場人物が好きなので、失礼ながら、こうなりました。マヌケだけど、ズルをしない登場人物達が、いろいろなめに会って、少しはマシな人になると言うか、前よりちょっと幸せになるお話として読んでもらえればと思います。

最後になりましたが、快く舞台化の許可を下さったばかりか、資料を丸ごとお貸し下さったばかりか、愛知から初演をわざわざ観に来て下さり「小説とは随分違うけど、面白かったです」と仰って下さった篠田達明先生、公演に関わって下さったスタッフ、キャストの皆さん、そして、『ソープオペラ』に続いて「出してあげましょう!」と言って下さった懐の深い味な編集者、津山明宏氏にこの場をお借りして御礼を申し上げたいと思います。

上演記録

キヨ　先生、おめでとうござんした。
久作　おめでとうなのは、おキヨさんでしょう。
キヨ　何言うてるだ。先生、縁談がありなさるそうでねえですか。

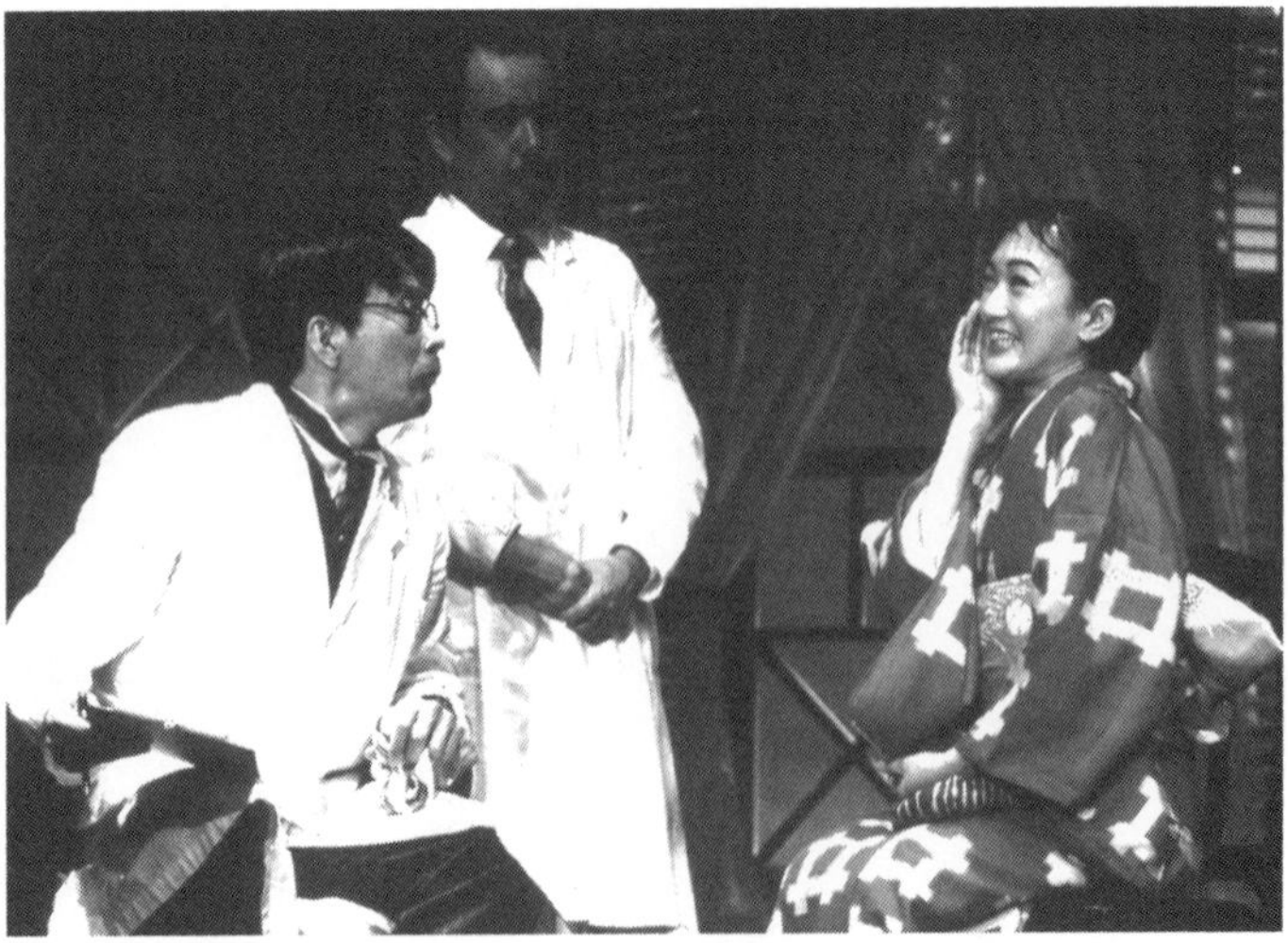

ハナ　先生様、赤ん坊っていうのは、そもそも、どうやって拵えるもんなんでしょうかの。
久作　え？

より子　婦人は今、虐げられています。本来、人間として、もっと自由で幸せになる権利を持っている筈なのにです。
久作　はい。

久作　夫婦というのは媾合をします。そうした場合には、青鉛筆でぺけ印をつけていただきたい。
とめ　……ぺけ？

高見　できるかどうかも判らない研究なんて、俺からみれば、道楽だ。

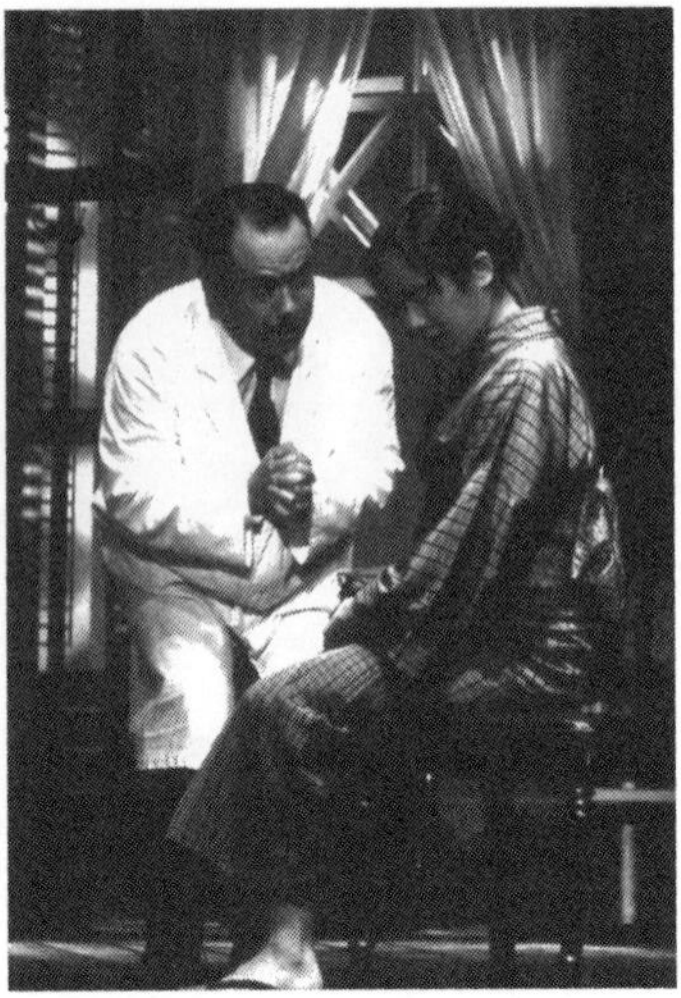

キヨ　……先生……できるがでしょ？
半三郎　おキヨさん、人に命を与え、召されるのは、神様だけです。

ハナ　どうか先生、おらだに子宝を恵んでくんなんしょ。おらは子宝を授かる。先生は偉い博士さまになる。一緒に頑張りましょいね！

久作　次に来る予定の月経から逆に数えて二週間なんですね?!
ハナ　はい。どうもすみません！

久作　今まで数えきれないくらいの学説があった。でも、次回の月経から逆算した者はいなかったんだ。

とめ　……私、子供というものは天から授かるものだと思っていますいね。……それは……人の勝手で人を作ったことには、ならねでしょうか？

より子　……子供を持つことを自由に選べるようになれば、私たちはもっと幸せになれると思うんです。先生のなさっていることはそのためなのではありませんか？

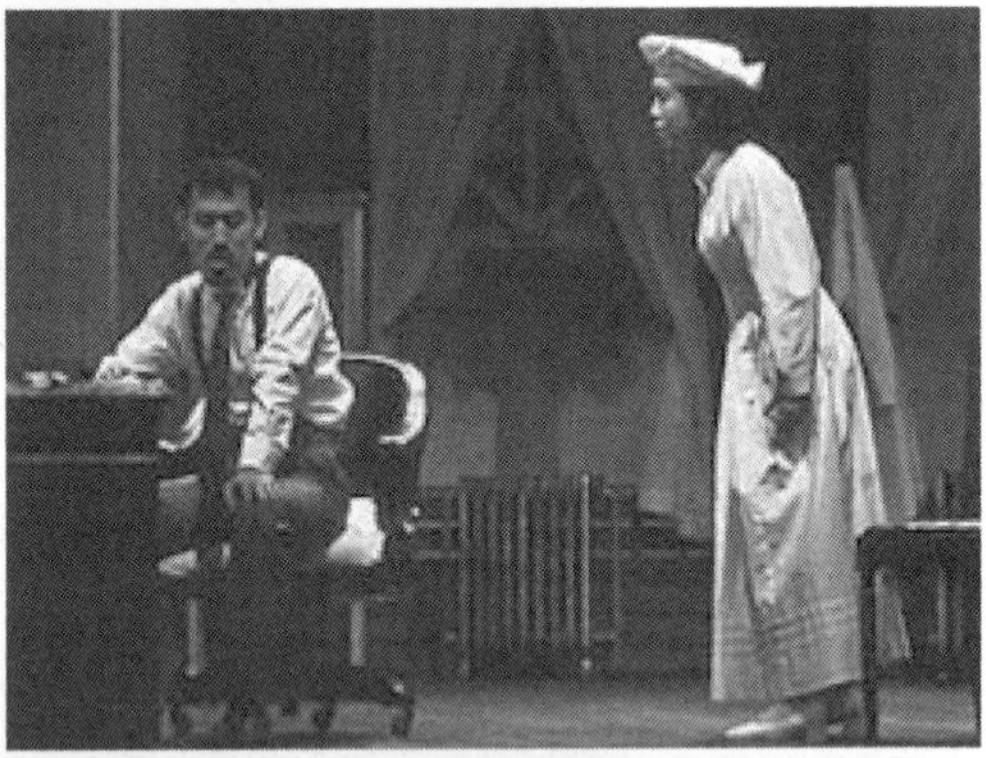

久作　おハナさんは……私の母にちょっと似ています。だから、私は、おハナさんもきっといいお母さんになれると思うんです。
とめ　……ありがとうございます。

高見　荻野はまだ世界の誰も解いていない謎を解きたかっただけなのです。それが研究者ってものです。

半三郎　先生、この論理を応用して避妊をすることは神もお許しになると思うんです。命を奪うことは、ありませんから。

再演時舞台写真　撮影／六渡達郎

初演

東京◎1994年12月10日〜19日　全労済ホール　スペース・ゼロ

[キャスト]
荻野久作　佐戸井けん太
古井半三郎　岡田　正
高見詠一　樋渡真司
野村佐吉　(友情出演) 久松信美

荻野とめ　山下裕子
野村ハナ　戸川京子
津島より子　柳橋りん
酒井キヨ　歌川椎子

[スタッフ]
作・脚本　飯島早苗
作・演出　鈴木裕美
装置　川口夏江
照明　中川隆一
音響　井上正弘
小道具　布田栄一
衣装　菊田光次郎
方言指導　卜部たかお

舞台監督　村田　明
演出助手　志田英邦
衣裳部　高仲純子
演出部　石井みほ
小林丈人

大道具製作　C－COM舞台装置
小道具協力　東宝舞台㈱小道具部
衣裳協力　東京衣裳㈱
履物協力　㈱神田屋
かつら協力　太陽かつら

写真　水谷　充
萩庭桂太
宣伝美術　鳥井和昌
制作助手　山田美紀
制作　自転車キンクリーツカンパニー
須藤千代子、長谷川ゆみ子
柿崎麻子、大槻志保
企画・製作　自転車キンクリーツカンパニー

再演

東京◎1996年12月11日〜28日　紀伊國屋ホール
町田◎1997年1月8日　町田市民ホール
盛岡◎1997年1月12日　盛岡劇場
青森◎1997年1月14日、15日　青森市民文化ホール
札幌◎1997年1月17日、18日　道新ホール
千葉◎1997年1月21日、22日　千葉市民会館大ホール
葛飾◎1997年1月25日　かめありリリオホール
静岡◎1997年1月31日　ベルフォーレ長泉町文化センター
津◎1997年2月2日　三重県文化会館中ホール
倉敷◎1997年2月4日　倉敷市芸文館
神戸◎1997年2月5日　神戸オリエンタル劇場
大阪◎1997年2月7日〜9日　近鉄小劇場

[キャスト]

荻野久作（劇団そとばこまち）	山西　惇
古井半三郎	岡田　正
高見詠一	樋渡真司
野村佐吉（友情出演ダブルキャスト）	吉田　朝
	久松信美
荻野とめ	山下裕子
野村ハナ	戸川京子
津島より子	宇尾葉子
酒井キヨ	歌川椎子

[スタッフ]

作・脚本	飯島早苗
作・演出	鈴木裕美
装置	川口夏江
照明	中川隆一
音響	井上正弘
小道具	布田栄一
衣装	中村洋一
方言指導	ト部たかお
舞台監督	村田　明
演出助手	志田英邦
衣裳部	高仲純子
演出部	石井みほ
	小林丈人
大道具製作	C－COM舞台装置
小道具協力	東宝舞台㈱小道具部
衣裳協力	東京衣裳㈱
履物協力	㈱神田屋
かつら協力	太陽かつら
写真	水谷　充
宣伝美術	鳥井和昌
制作助手	山田美紀
制作	自転車キンクリーツカンパニー
	須藤千代子
	長谷川ゆみ子
	柿崎麻子
	大槻志保
企画・製作	自転車キンクリーツカンパニー

荻野久作博士について

篠田達明

江戸時代の半ば、賀川玄悦という産婦人科医が京都で活躍しました。玄悦は世界ではじめて「胎児は子宮内で倒立しているのが正常位である」と見抜いた町医者です。玄悦はそのことを『産論』という医書に記し、長崎のシーボルトがこれをオランダに紹介して世界中に知れ渡りました。十八世紀のことです。それまでヨーロッパの医師たちは、胎児が胎内でチンチンする子犬みたいに頭を上に向け、出産直前にデングリ返って生まれると信じていたのです。

この芝居の主人公荻野久作も世界ではじめて女性の排卵時期を確定した独創的な産婦人科医です。それまで欧米の医学界は、「女性の排卵は月経開始後の二週間目におこる」という学説を信じていたのですが、新潟の町医者だった久作がこの誤った説を正しました。たしかに体格のよい欧米の女性たちは二八日型の生理が圧倒的に多く、月経がはじまって十四日から十六日目に排卵がおこるという説はよくあてはまりました。しかし明治・大正期の日本女性は三〇日型や三一日型が圧倒的に多かったので、欧米の学説をそのままあてはめると妙なことになります。疑問を抱いた久作はこの難問に挑みました。そして「女性の排卵は次回月経がはじまる前の十二日から十六日の五日間におこる」という人類普遍の法則を発見したのです。この画期的な業績は賀川玄悦と同様、産科学会における日本人の快挙です。では、この発見を成し遂げた実際の久作はどんな人物だったのでしょう。

荻野久作は一八八二年（明治十五）三月二五日、愛知県八名郡下条村東下条一二五番戸（現在の豊橋市下条東町）で農業を営んでいた中村彦作と妻美以の間に次男として生まれました。近くに豊川が流れる緑豊な田園地帯です。秀才少年と評判だった久作が地元の高等小学校を卒業するときの成績表が残されています。全教科の平均点が九九点という抜群の成績です。それでも久作は"this is all nonsense!"（こんなもの、みんな馬鹿げている！）と成績表の余白に書きつけました。学校の成績など大して重要なことではない、という久作の人生観がここにあらわれたかのようです。

久作は十九歳のとき、旧三河西尾藩の漢学者荻野忍の家に養子入りします。芝居には登場しませんが、養母はフサノという旧西尾藩の御殿女中を勤めた後妻さんでした。フサノは口鉄砲というあだ名の口やかましい女性で、なかなかのやり手でもありました。幕末に没落した荻野家を再興させようと、秀才の誉れ高い中村久作を養子に迎え、三河で医者を開業させて大金持ちになろうと目論んだのです。期待に応えたのか、久作は一九〇九年、東京帝国大学医科大学を卒業、同大学の産婦人科教室に入局します。大抵の医局員は何年も大学の医局に留まり、講師、助教授と地位をあげて教授をめざすのですが、久作はフサノから、学者になるより早く三河で開業してほしいとせっつかれます。そこで、まだ卒業して三年と経たない研修医の久作は給料のよい新潟市の私立竹山病院に就職することになりました。ずいぶん素直に養母の言い付けに従ったものです。よほど好人物だったのか、あるいは口鉄砲と言い争いをしても、とても勝ち目はないとあきらめたのかもしれません。

義父母とともに新潟に赴任した久作は、自分の学問がなお未熟だと自覚していましたから、診療の合間に新潟医大の病理学教室に通うことにしました。医大の指導により学位論文のテーマは当時未開拓だった黄体の研究と決まります。黄体とは排卵したあとの卵巣にできる小さな組織です。この基本的研究に基づいて月経のメカニズムを考究した久作は、「排卵は次の月経第一日から逆算して十四日プラスマイナス二日目に生じる」という事実を明らかにしました。この独創的な発見を成し遂げるには久作の妻トメと地元の患者さんたちの献身的な支えがあったのですが、それについては芝居の中で楽しんで頂くことにして、ここではトメ夫人の略歴を記しておきます。

荻野トメは一八八六年（明治十九）、新潟県三島郡片貝村（現在の小千谷市片貝町）の素封家大塚幸三郎の四女に生まれました。大塚家は仙桃酒という女性の生理不順に効能のある栗酒の醸造元で、広大な屋敷を構える大地主です。長岡女学校を卒業した才媛のトメは大正四年、二九歳で三三歳の久作と結婚しました。ところが婚家には例の元御殿女中フサノがデンと控えています。きっと挨拶の仕方から箸の上げ下ろしまで厳しく躾直されて、トメは甘い新婚生活にひたるどころではなかったと思います。

夫婦は長女の常子、長男の磐、そして次男博と三人のお子さんに恵まれました。常子さんはのちに竹山病院院長の長男初男さんに嫁つぎましたが、若くして寡婦になりました。長男の磐さんは東大医学部を卒業後、精神科医の道を歩んだのですが、肺炎のため三一歳の若さで病没しました。次男の博さんは父の意志をついで産婦人科医となり、その息子さんの荻野厚氏は、現在、東京都予防医学協会の仕事に携わり、「東京から肺がんをなくす会」の事務局で活躍中です。

ところで、わたしが荻野博士の小説「法王庁の避妊法」（文芸春秋刊）を執筆するにいたったのは、博士の養父荻野忍さんと先妻アイさん（逝去）の間に生まれたひとり娘イクさんの孫にあたる整形外科医で東京の心身障害児総合医療療育センターの所長さんだった坂口亮博士より久作の伝記を書くようすすめられたからです。そのいきさつを綴ると長くなるので、興味のある方は拙作「法王庁の避妊法」のあとがきをご覧ください。

さて、新潟の暮らしが長くなるにつれ、荻野家の人々は地域の人たちに慕われ、愛され、大事にされました。フサノもついに三河に帰ることをあきらめ、この地で一生を終えました（大正十年七月逝去。享年未詳）

ところで、久作が発見した排卵の法則は受胎期をおおよそ算定できるので、これを応用して「オギノ式」なる避妊法が世の中に広まりました。けれどもオギノ式は久作が創案したものではありません。他の産婦人科医たちが、荻野学説を応用して普及させたのです。ことに太平洋戦争中は、生めよ殖やせよの国策のもと、オギノ式は大いに喧伝されました。ところが戦後は一転して人口抑制のためのオギノ式が奨励されたのです。しかしオギノ式には難点がありました。基礎体温をたびたび計って毎月の排卵日を推定し、避妊できる日を割り出すのですが、その計算法が難しいのです。失敗例も続出し、久作はオギノ式の創案者と誤解されて大いに非難を浴びました。

というわけで、いわゆるオギノ式は決して久作が編み出した避妊法ではないことを強調しておきます。ご本人も「避妊法と受け取られるのは大変迷惑。自分の学説はこどもが欲しい人に役立ってもらいたい」といっていました。

一方、カソリック教徒の総本山であるローマ法王庁は、オギノ式を避妊法としてみとめています。人工的な避妊や中絶を忌避するカソリックですが、オギノ式だけは自然に逆らわない避妊法なので容認しているのです。たとえ失敗して身籠ったとしても、それも神のご意思ですから、ローマ法王庁から非難される心配はなさそうです。

穏やかで円満な人格者だった久作は八〇歳すぎても診療に励み、一九六四年(昭和三九)、八二歳で日本医師会から最高優功賞を受賞しました。そして一九七五年一月一日、肺炎のため自宅でトメ夫人に看取られながら亡くなりました。享年九三。没後、新潟市民の発案により自宅前の市道が『オギノ通り』と命名され、久作の名が永く遺されることになりました。トメ夫人は昭和五四年五月九二歳の長寿を保って安らかに永眠しました。いまは夫婦そろって日本海を臨む市営共同墓地に葬られています。

篠田達明（しのだ・たつあき）
一九三七年愛知県生まれ。整形外科の医師にして作家。六八年「愛知県心身障害者コロニー」に勤め、現在は名誉総長。一方で四一歳から小説を書き始め、『大御所の献上品』や『法王庁の避妊法』などが直木賞候補に。医学を題材にしたユニークな歴史物を得意とする。

「法王庁の避妊法」二〇〇三年公演時パンフレットより転載

「法王庁の避妊法」二〇〇三年十二月　東京世田谷パブリックシアター他
作　飯島早苗／作・演出　鈴木裕美／出演　勝村政信、稲森いずみ、持田真樹、横堀悦夫、三上市朗、西牟田恵、西尾まり、櫻井章喜／企画制作　ホリプロ

写真で見る荻野久作博士

竹山病院外観（大正期）

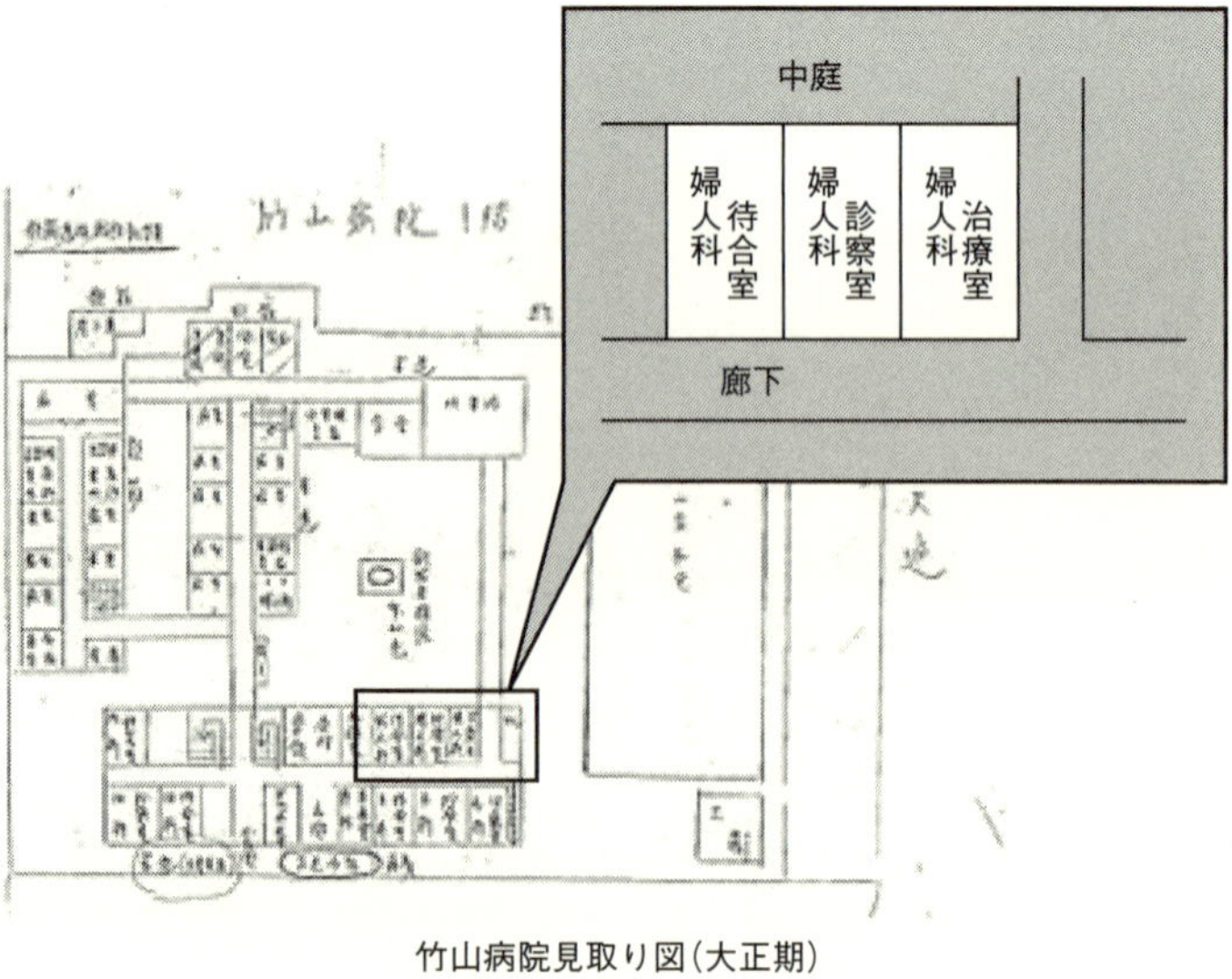

竹山病院見取り図（大正期）

大正4年　久作とトメ

大正14年

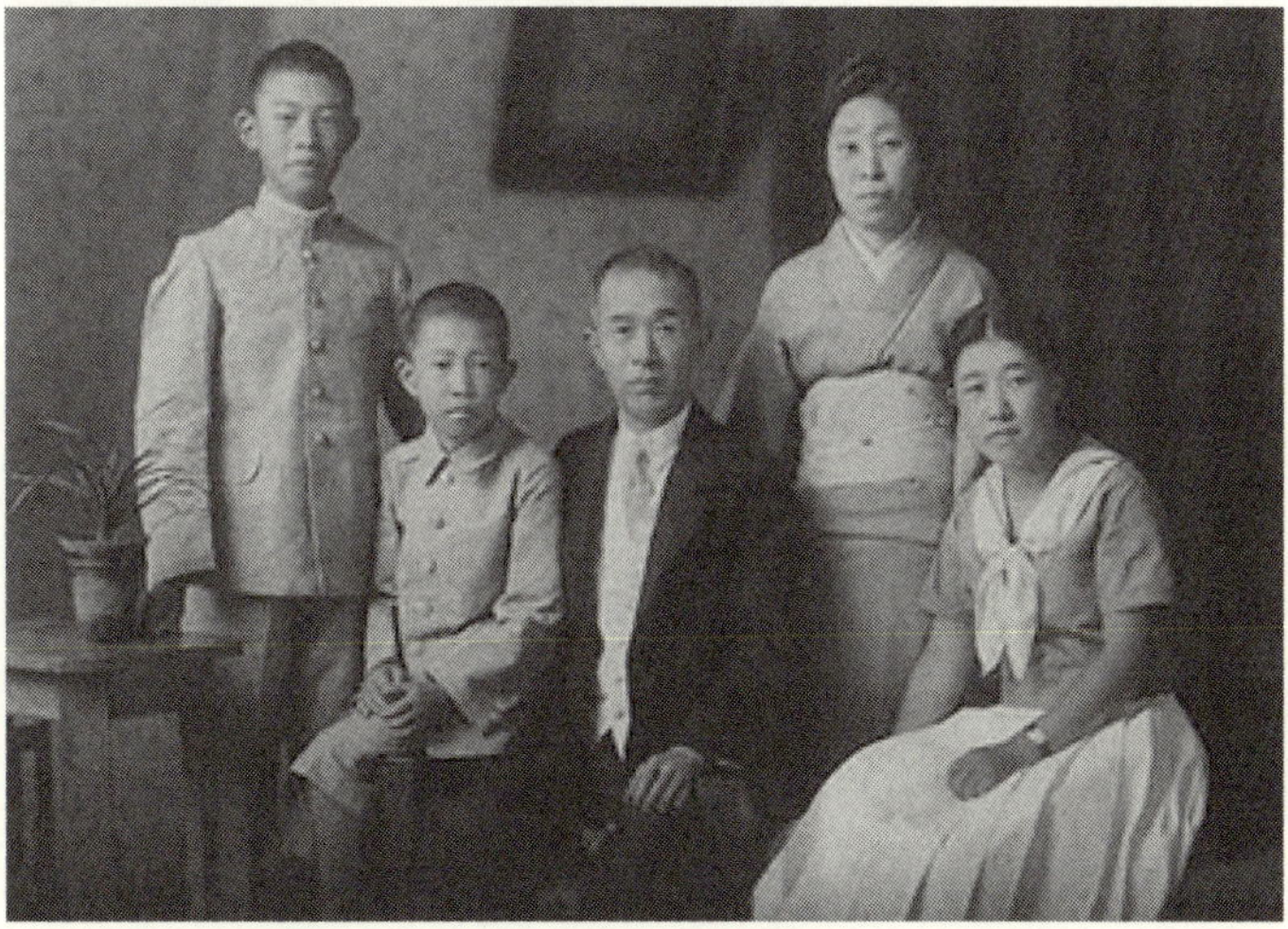

昭和9年　右より長男磐、次男博、久作、トメ、長女常子

昭和9年 竹山病院にて。中列右より4人目が久作。

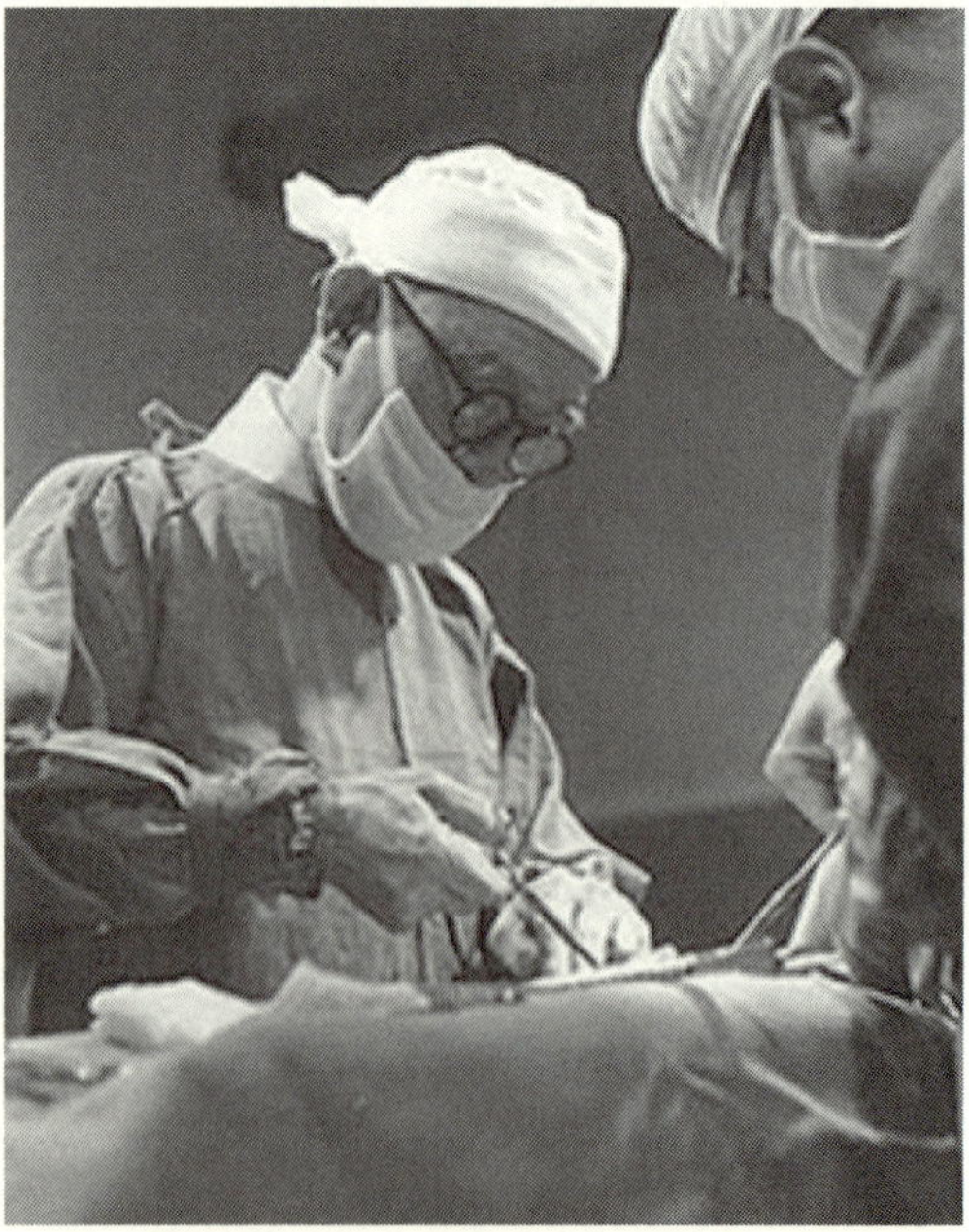

昭和34年

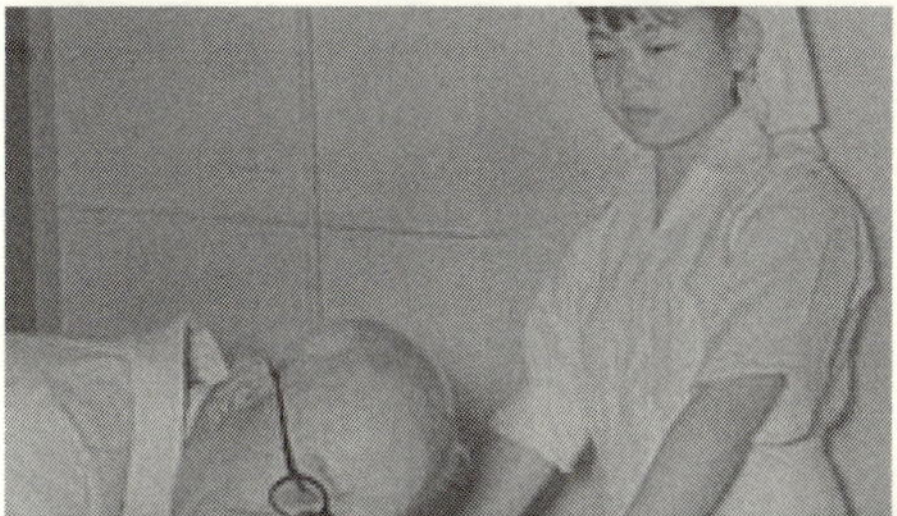

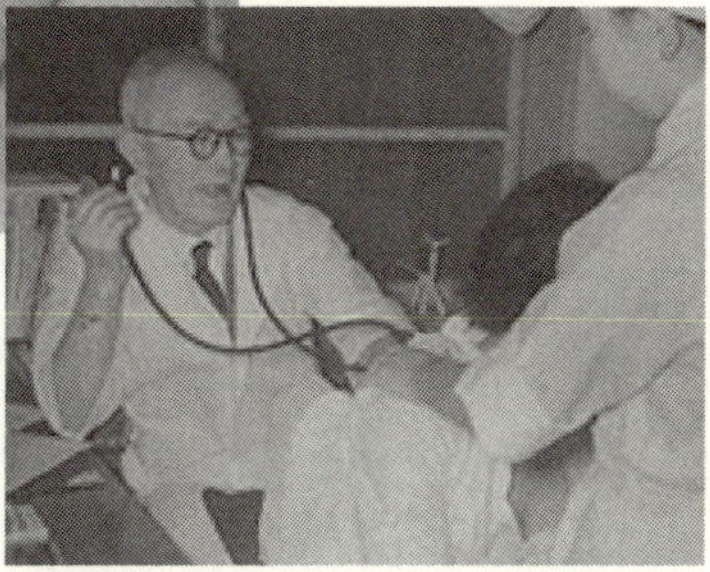

写真提供：（財）医療法人竹山病院、新潟市総務局国際文化部歴史文化課

「法王庁の避妊法」鈴木と飯島のお互い様インタビュー

「戯曲・法王庁の避妊法」が、この戯曲を読んで下さった皆様のおかげをもちまして、ありがたくもめでたくも増補新版となりました。

そこで、増補新版のあとがきのようなものとして、この戯曲を読んで下さった方に、そして、この戯曲を上演したいと思って下さった方がいらしたとしたら、そういう方々の何かの参考にでもなればものすごく幸いではありますが、そうなれなくても、トリビアにもならないちっとも役に立たない無駄知識かもしれないけど、どこかにちょっとでも面白いと思って頂けることもあるかもしれない、あるといいなあ……と思い、鈴木裕美と飯島早苗が「法王庁の避妊法」という戯曲と芝居作りに関して、今更ですが話をいたしました。

というわけで、鈴木裕美と飯島早苗が、打ち合わせはうなされるくらいしたけれど、話したようで話していないことを訊いてみた「戯曲・法王庁の避妊法」についての相互インタビューです。

「法王庁の避妊法」を三回演出した鈴木裕美が、まず訊く

鈴木　じゃあ、まず、私が作家としての飯島さんに……作家としてのだって（なぜか笑う）……いや、作家ですけどね。作家の飯島さんに訊きます。戯曲を読んで下さる方、そして、もしかして上

演しようとして下さる方もいるかもしれないので、その方達に、ちょっとご参考までにって言うか……ま、難しい戯曲じゃないから、読めば判るっちゃ判るんだけど……作家の意図はどういうことかを訊きたいと思います。篠田達明先生の小説「法王庁の避妊法」に出会って、脚本にしようと思った経緯は、初版のあとがきにも書いてありますが、あらためて「これが戯曲になる」と惹かれたのは、どの部分ですか。

飯島 それは確かに……あらためて、ですね。えーとね……普通、ものすごく偉大な研究だの発見だのって言っても、私とかには何がすごいのか、全然さっぱり判らないんですよね。小学校の時、湯川秀樹博士の伝記を読んだんですけどね。湯川博士は、分子や電子よりも小さいものが絶対にあると思ったらしいんですね。なぜだか。で、ある日、研究室の窓から庭の木の葉に太陽の日差しがあたってキラキラしてるのを見て、博士は「これはやはり何かあるのだ！」と確信しました……って書いてあったんですよ。一体何をどうやってどんなものをどう思いついちゃったのか、さっぱりまったく全然見当もつかなかった。勿論今でも判らない。博士の脳の中で何が起こっちゃったのか、カケラもイメージできない。正直すごいとも思えない。すごいんだろうなってくらい。頭いいんだろーな、終わり……みたいな。でも、荻野先生の発見したことは、私たちにとっては身近なことだし、知ってることだし、発見までの過程も、今の私たちにはよく判る。しかも、その発見の仕方は、研究者としては画期的で正しくはあるんだけど、人として、夫としては、間違ってるんじゃないか。妻に「月経や性交をカレンダーに記録してくれ」ってお願いするのは、どうなのかな、駄目だろう、とも思った。先生の研究が、すげえ面白いことを巻き起こしてるなっていうのが、いいなと思いましたね。

鈴木 それはもともと研究者を書きたかったってこと？

飯島 いや、それは全然ない。謎なことを研究してるすげえ頭のいい人の脳の中がどんなことになってるかさっぱりイメージできないから、研究者の芝居を作ろうとは、ちっとも思ってなかった。だけど、荻野先生が奥さんに月経カレンダーをつけろと言った場面で「こりゃ、奥さんはたまったもんじゃねえな」って感想を持つことができて、これから面白い騒動が起こるなとも思って。そしたら、やっぱ騒動起こるし。つまり、ああ普通の人なんだなって……いや、荻野先生はすごい頭いいんだけど……私がイメージできる範囲のキャラの人が、必死で研究した挙句に、すげえ面白い騒動を巻き起こしたんだなというのが……えーとね……見えた。

鈴木 つまり、判りやすく言うと……なんで私が飯島の思ったことを判りやすく言わなきゃいけないんだ、ですけどね。光景が見えた、と、そういうことですね。

飯島 ですね。その通りです。生きてる荻野先生を見たいと、そう思いました。

鈴木 荻野先生と、先生に振り回される妻のとめさんとか、先生の周りの人を見たいと思えたってことだよね。で、それを戯曲にする際に、自分は何を書きたいと思った？

飯島 最初は、荻野先生を見たいと思ったんだけど、実際に書く時点では、とめさんの気持ちを書きたいと思った。そんな旦那がいて、そんな研究につき合わされちゃった、とめさんの気持ち。それ実感できたら面白いなと思った。思ったは思ったんだけど、書く段になったら、完全に行き詰まりました……

鈴木　で、七転八倒があって、私が構成に参加することになった訳ですけどね。これ最初に戯曲にしようとしたのは、三十歳くらいで。まあ、それまで、自転車キンクリートの芝居で、高校生や大学生や社会人の話とか悩みとか、恋愛とか結婚とかについて考えて芝居を作ってきていて、次は妊娠や出産について考えて、演劇にしたい……そういうことに対する女性の気持ちはどんなものだろうということを、考えたいって流れもあったよね。私は、確実にそういう気持ちがあった。それは次に演劇にしたいことだなと思った。

飯島　打ち合わせの時に、鈴木が言ってたけど、胎内診断とか羊水検査とか、えと、受精卵になって脊椎ができる何日目からは人間であるって決まってるんだったっけ。どっかの国で、外国の……

鈴木　フランス。初演の当時ね。受精卵になってから十四日後だかに脊椎の原型ができるらしいんだけど、その時点から人であると考えるべきだっていう考え方があった。自分でも妊娠してるかどうか判らないくらいの時だよ？　つまり、どの時点から人は人なのかのラインを決めなければならない必要があった訳ですよね、時代の要求で。体外受精とか、代理母とか、精子・卵子バンクとかも、完全に大きいビジネスとして世の中に存在してるし、世界の現状はすごく進んでいる。だから、考えたり、議論しないといけない問題は山積みだけど、それをきちんと芝居にするのは、かなり大変だと思ってた。考えないといけないいけど、考えると怖い考えになってしまうし。すごく深刻に悩んでいる人も多い。私たちにとっても切実だし、身近すぎる。だからこそ、観て面白い演劇にするアイデアはなかった。

飯島　芝居にするために、客観的に引いて見るための方法も判らないし、知識もなかった。

鈴木　そう。だけど、この荻野先生の物語を通して見たら、リアルに、手触りのある面白い芝居にできるんじゃないかと思えたっていうのはあるよね。

飯島　で、飯島は、荻野先生によって、とめさんとか、周りの人がどうなっちゃうかの人間模様を書きたかったということだけど、書いてみてはどうだった？　上演されてってことか。

鈴木　上演されて、ですね。自分が書く脚本は上演されないと意味がない。舞台に乗ってなんぼだから。書いてる時は素晴らしい台詞だと思っても、俳優さんの口に乗って駄目なら、それは駄目な台詞だし。で、上演されたら、ほんとに荻野先生がいるので、面白かった。

飯島　そりゃよかったね（笑）。

鈴木　うん。舞台観てて「あ〜、そりゃ悩むよね〜。悩んでる悩んでる」とか、「あ〜、今、そんなこと、言っちゃ駄目だよ〜」とか、完全に観客になって思ってました。自分で書いたはずなんだけど。生きてる先生が見れたなあ……これは幸せだ、と。

鈴木　確かに、たとえばジュラシックパークの恐竜とかは、生きてるように見えるけど、ほんとは生きてないからね。演劇の素晴らしさのひとつは、苦悩とか喜びとかを、今そこでライブで生きてる俳優さんがやってくれて、本物になるってことで。そして、それを見られるっていうのは、作家の喜びだろうと思う。

飯島　書いてる時は字だから。全然生きてるもんじゃないから。

鈴木　上演して下さってる方もいらっしゃるんですが、どういう風に演出してほしいなと思いますか？

飯島　ないですね。

鈴木　ないのか。終わっちゃうじゃねーか。こういうところは大事にしてよとかないのか。

飯島　大事なところは勝手に見つけてね、と思ってる。芝居の本を書いてて一番嬉しいことは、自分が想像したものがそのまんま舞台の上に登場した時と、まったく想像もしてなかったものが舞台の上にあるのを見られた時なので、私が思ってもみなかったものを、見つけてもらえたら、とても嬉しい。

鈴木　俳優さんには、どんな風に演じてもらいたいと思ってますか。こういうセンスを持ってほしいなとか。

飯島　とりあえず、一回お笑いのフィルターを通して下さいね、と思います。笑いというのは客観的になるための、判りやすい道だからっていうのもありますけど。私もね、自分が実態を知らない世界の人の台詞を書こうと思った時、その人たちの仲間内のギャグが判ると、なんか書ける気がする。嘘でいいんだけどね。嘘でも「消防士ってこんなギャグを仲間内で言って、笑ってるんじゃないかな」というのがイメージできると、消防士のシリアスな部分も書ける……ような気がする。だから、やはり一度は笑いのフィルターを通してほしいです。

鈴木　俳優さんは、登場人物に感情移入していく仕事だから、登場人物に寄り添いすぎちゃう時もあって。そういう時、「この人物はくだらないのではないか」、「そこでそんなことを言ってはいけないのではないか、馬鹿！」とか、一回、突っ込みを入れつつ読んで頂くといいかもしれないですね。そしたら、登場人物がチャーミングになるし、俳優さん本人がそれを面白がれれば、舞台に出てくる人物像が深くなるから。でも、面白ポイントを見つけては欲しいんだけど、この芝居は、ただただウケや笑いを取りにいってはいけない芝居だと、私は思うので、ネタをふるとか、突っ込んでるのが、あからさまにお客様にバレては駄目なんですけどね。「いえ、笑わせようなんてしてませんよ。突っ込んでなんかいません」て顔してやって欲しいというのはあります。私はそう思う。じゃあ、お客様に対しては？　なんていうか、祈りのようなものとして、お客様にこれが伝わるといいなと思ってることは何ですか？

飯島　テーマとかも重要だとは思うんだけど、それより、私が愛してる人をあなたもちょっとは愛せますよね……っていうか、愛してほしいです、という気持ちがあります。登場人物を少しだけでも、好きになって欲しい。出てくる人に対して感情を動かして欲しいと思います。

鈴木　登場人物たちを……お見合い婆ぁじゃないけど……お客様にご紹介する。「私はすっごく愛すべき人で馬鹿だと思いますけど、どうですか」って感じ？　荻野先生やとめさんや、芝居に出てくる人々を、生き生きとした、素敵な人に見せたい。お客様もそう思ってくれるといいなというのが、祈りだということですね。

飯島　そうですね、言われてみると。

今度は、演出の鈴木に、飯島が今まで訊いてなかったことを訊いてみた

飯島　研究者の芝居をやってみたいと、もともと思ってたみたいだけど。

鈴木　いついかなる時でもやりたい。私が常にやりたい芝居は、裁判劇とね、そして、遠いところに行こうとする人の芝居……研究者もそうだと思うけど、アマデウスでもサリエリでも……それは同じ戯曲に出てくる人たちだな……ゴッホとか。そういうあまりにも遠いところに行こうとする人に対する強い憧れと、「そんなに遠いところになぜ行こうとするのか」という疑問があるので。研究者っていうのは遠いところに行こうとする人だから……研究者モノっていうのは好きです。裁判劇はね、とことん議論を尽くす人の芝居が好きだから。

飯島　好きだよね。鈴木さん自身が、とことん議論を尽くすの。研究者モノっていうのは、遠いところに行く人の芝居なのか……でも、あまりに遠いところに行ってしまって、ついていけませんていう場合があるかもしれないじゃないですか。

鈴木　お茶の間が舞台で下らない会話をしてる芝居であっても、お客様を冒険に連れ出したり、遠いところにお連れしたいって気持ちが常にあるんだよね。芝居を観てて、気がついたら、「あら、いつのまにかこんなところに連れてこられてしまった」っていう感想を持ってもらえるのがいい演劇だと思う。時間や距離が遠いところ……十三世紀のイタリアに到達してもいいし、「私の気持ちの中にこんなところがあった」っていう、自分の内面の普段は触らないところに到達するのでも、どちらであってもいいんだけど。自分が舞台を見てる時も、どこでもいいから遠

いところに連れてってくれって気持ちがあるな。で、遠くにお連れするための道具として、ある登場人物がものすごく遠くに行こうとする気持ちを持っていると、その人に連れてってもらえるというやり方がある。天才と言われる人たちを描こうとすると、一緒に遠くに連れてってもらえる。たとえばピーターパンて、天才だと思うんだけど。

飯島　ピーター・パンて、天才なんですか。飛べるから？

鈴木　いや。「大人になりたくない」って発想を持つのがもうすでに天才。普通の人は思わないことを思って、しかもそこで踏ん張ってる、ということが、天才です。普通の人はできないことをやる人はかっこいいし、憧れるけど、周りの人は迷惑をこうむる訳ですよね。飯島が、とめさんは荻野先生のことを「迷惑だと思ったんじゃないか」と思ったように、ゴッホとかも、周りにいる人を困らせながら、孤高の中にありながら、それでもなお遠くに行き着こうとしている。それが天才ってものだと思う。そういう人が好きなんですよ。孤高の人、判らない遠いところへ旅しようと思っている人の話。そういう芝居がやりたいんです。

飯島　荻野先生も……私はあんまりいい人じゃない方がいいと思って……研究熱心で頭良くて、すごいかもしれないけど、人の気持ちが判らないっていうか、奥さんであっても女性に向かって「月経の日を記録しろ」とかそんなこと言ってはいけないということが判ってない、駄目な人が、「あれ？　人には気持ちがあったかも」と判る話だとも思うんですけどね。天才が普通の人の気持ちが判るまでの話って言うのかな。

でも、研究者にこだわりがあるっていうのは、特殊だと思うんだけど。ゴッホやモーツァルト

鈴木　を舞台に乗せたいっていうのは、比較的判りやすいけど、研究者って違うじゃないですか。同じだと思うんだよ。遠いところに行く人は、ある意味狂っている部分もあるじゃない？　遠くに行くためには、多くのものを捨て去って、身を軽くしなければならない。私みたいな、荷物捨てられなくて背負ってヨチヨチ進んでいる人間にとっては、荷物の捨て去り方や、遠くに行こうとする馬力、そういう人としての魅力は、研究者もゴッホもいっしょ。そして、プロジェクトX……って言葉がいつまで通用するか知らないけど、何かを達成していく道のり……荻野先生の場合は、女性の排卵はいつかという達成ポイントがあって、とにかく何がなんでもそこに行こうとして、で、到達してしまってから、「あれ？　何でこんなところに来てしまったんだ？」とか苦悩したりしてる。その過程と、行き着いてしまってからの苦悩が好きなんだよね。稽古場でも、何度も言ったけど、これはシチュエーションコメディ版プロジェクトXだと思う。

飯島　でも、やっぱマニアックだよ。「人はゴキブリには戻れない」って言葉を、鈴木から何度も聞いたことがあって、人というもの自体が、大昔から見るととんでもなく遠くに来てしまっているんだけど。そういう事実が持つドラマが好きだよね。エベレストに登る人っていうのも、遠いところに行く人なのに、それよりも研究者に気持ちが行くのはなんでなんだろう。

鈴木　アートよりも、産業に近い。経済・商品に近いじゃない？　研究っていうのは。俗世間に近い。人々の生活が便利になるっていう、身近なところに貢献しているはずの研究が、すごく突き詰めていくと神的なるものに触ってしまわざるを得ないという、すごく遠いところに行ってしまうというのがいいんだよ。世俗なところと、神に触ってしまうところ。その両方があるってことがいい。荻野先生は、子供産むためにはどうしたらとかいう非常に身近なところから始まって、「あ、こんな神に近いところまで来てしまった。考えざるを得ないところに来てしまった」と思う。「なんで研究しちゃったんだ。何のためなんだ」と、到達してしまってから思う。それでもなお、それを背負いながら、苦悩しながら、先に幸せがあるのかどうか判らないのに、何とか先に行こうとするさまが、好きなんですね。

飯島 人として地上にいながら、高みに行く人。

鈴木 そう。引き裂かれるわけじゃない？　引き裂かれないとね。葛藤こそが、演劇だしね。何と何に引き裂かれるか、距離が遠いほど面白い訳じゃないですか。

飯島 地上、世俗にいながら、すごい遠いところに引き裂かれる人が面白いんですね？

鈴木 その通りです（笑）。そしてね、荻野先生のなしたことっていうのは、誰にでも関係あることだよね。人から生まれてなかった人はいないわけで。誰もが知っている話、セックスの話で、子孫の話で、しかも神の領域でもある。どんな人でも生きてる限りは、触れずにいられないことだから、どんな人にでも理解して頂けると思う。これは、昔の話だけど、歴史上の逸話だってだけじゃなく、「今の話だ」と思って頂ける。昔の話にすると、理解しやすい、頭に入ってきやすいってことはありますよね。で、入りやすい入り口から入って、最終的に、深いことや遠いところのことを、考えたいし、考えてほしいです。

飯島 鈴木は、入り口は判り易いところから入って、深いところとか、高いところに到達したいって、ずっと言ってますよね、確かに。

鈴木　で、芝居にする時は、それに加えて、登場人物がいかに生き生きと、なおかつ馬鹿みたいか、そして切ないってこと。そこにいる人間を捕まえてもらえるといいなと思って演出してました。

飯島　現場で、最も気をつけなくてはいけないと思ったことはなんですか。

鈴木　飯島の真裏かもしれないけど、面白な部分は絶対やらなきゃいけないんだけど、面白にとらわれてはいけないってことかな。私は面白がすごく好きだから、逆にそこはやり過ぎないようにしようと思った。だから、人間を全体で捉えようと意識して思ってた。それから、具体的には、古き良き時代の日本だということがあるので、私の趣味の問題もあるんだけど、春に何着てるのか夏に何着てるのかとか、窓の外の季節が移ろってくということとか、日本の四季については、衣裳、景色で、丁寧にやれるといいなと思ってた。

飯島　それは、芝居に何をもたらすの?

鈴木　営みみたいなこと。春が来て、夏が来て、お腹が大きくなって、子供が生まれて……この人たちはずっと生きているということかな。あーでもないこーでもないと悩みながら、ずっと生きているということを感じてもらえるひとつの要素にはなる。寒いから、掻巻《かいまき》着てるとか、手をこすってるとか、そういう所作……夏なら扇子で扇いでる形、その様が好きなんだよね。俳優さんにとっては高度な技術だと思うんですよ、実は。気持ちをやろうとしてるわけだから、暑さはあんまり関係ないけど、でも暑いから起こった気持ちもあるでしょう……ということが判って頂けた方がよりいい。

飯島　神は細部に宿るってこと？

鈴木　うん。私が芝居を観てる時は、ちょっとしたきっかけ、小さな部分が、信じられるか信じられないかの境とか、意味のある演劇になるポイントになる。役者のちょっとした所作で、その人物が生きてるってことが、すごく信じられることになったりするから。

飯島　でも、細部にいろんなものを宿らせつつ、大きなこともやらないといけないでしょ？

鈴木　それは同じことだと思うんだ。一幕一場で、荻野先生の白衣は是非とも、洗濯してなくて汚くあってほしい。ズボンの折り目はなくて、よれよれであってほしい。それが、二場で、妻が来たことによって、ピシっとする。それは細部だけど、本質でもあるじゃない。その服装の細部の変化と同時に、姑に意地悪言われたって妻に泣かれるという困った事態が、セットでやってくるんですよ。つまり、それ全部含めて、荻野先生がどう変わったかの本質なんですよ。

飯島　でも、細部を全部再現する訳にはいかないですよね。どこまでどう再現するかは、演出が決める訳だけど、それってどう決めるの？

鈴木　私がぐっとくること。ズボンのよれよれにはぐっとくる。で、ズボンと白衣がピシっとしてたら、ああ妻が来て良かったねと、ぐっとくる。ぐっとくるのは、変化に対してなんですよ。始まる前と終わった後、何が変化しているか。変化のポイントは何か。変化を演出するのに、何と何が必要か。そして、見るべきところにだけ焦点が当たるようにする。私が気づけるとこしか気づけないけど。とにかく、変化。キーワードは。入り口と出口。それが鮮やかになることは全部いること。そうじゃないものはいらない。

飯島　白衣がきれいになったとかは小さい変化だけど、それが積み重なっていくと最後には遠いところに行ってたってことですね。

鈴木　そうなれるといいなと思いますね。

飯島　どうしても、鈴木さんという演出家は、建築家、家を作る人なんだなと思いますね。

鈴木　俳優は感情を突き詰める人だから、私が一緒に感情を突き詰めるよりも、構造を捕まえておく必要が演出家にはあると思う。

飯島　でもね、稽古の過程を見てるでしょ。たとえば、私には判らないんだよね。こんな家が建つための土台を作る穴をどれくらい深く掘ったら的確かっていうことは。土台だけ見てても、いいのかこの土台の深さはってのは判らないんだよね。私が演出してるわけじゃないからなんだけど。よく適切な土台が作れるなと思うんですよ。

鈴木　でも、まあ、演劇っていうのは、穴を掘り直す、やり直すってことが稽古場ではできるじゃない。その辺はいいところだよね、演劇の。

飯島　三回演出してますが、自分が年を取るとか、三回目だなとかってことで、荻野先生像とかに違いはありましたか？

鈴木　より人の困った面を強調したくなったかもしれない。いいところじゃなくて、嫌なところって言うか、ダークサイド。前は、怖かった、不遜な気がして。そんなダークサイドを描くほど、自分にはものが見えてるのかって感じで。だけど、多少大人になって、嫌なところに対して怖がらずに目が向けられるようになったかもしれない。で、これって実は、若い人たちの話なんだよね。間違えたり迷ったりして、いろいろな問題でジタバタしてる人の話で……なんていうか、人はみんなちびっ子なんだ、ていうか、人は皆、誰かの「子供」なんだって思いは、やるたびごとに深くなった。

飯島　ずっと変わってない部分は？

鈴木　変わってないのは……場と場のつなぎの部分で使用してる音楽は全部子守唄ってことかな……考えてないわけじゃないんです。それが聞きたいから、です。それも、つまり、人は皆、ちびっ子たちなんだ、まずは誰かの子供なんだなって思いが、ずっと伝えたいからだと思うんですよ。

飯島　ほかの人が演出するとしたら、こういうものを見せてほしいということはありますか？

鈴木　それはすごく明確にあって。ぜひ外国で。こんなに私たちにとっては普遍的なことなのに、ここは伝わらないんだとか、これは伝わるんだとかいうことが、文化によって、どんな風に違うのかすごく見てみたい。それに、百年後に、誰かが上演してくれるのであれば、って、それは見られないんだけど、「昔こんな馬鹿な人たちがいたんですよ」ってお笑い上演になるのか、「結局今でも人は変わらない」って上演になるのか。それも見てみたい。演出家が、その地域、その時代の人にどう届けてくれるのかっていうのが、是非見たい。

自分たちが作った戯曲に対してそういう思いがあるから、人の戯曲に対しても、尊敬を持ちつつ大胆に接するということができるようになりました。この戯曲も、丁寧に扱っては頂きたいけど、その時のその場のお客様に伝えてもらわないと、まったく意味がないと思うから、お客様に手渡すための工夫を是非ともやって頂きたい。私自身も、どなたかの戯曲を上演する時に、きちんと判ろうとする努力は、勿論最大限に全力でやらなければいけないと思う。そして、その上で、戯曲に対して、尊敬を持ち、不遜にならないことを心がけつつ、その時のその場の観客に、最も効果的に伝える工夫をこらすということに、力を注がなくてはいけないんだなと、すごく思うようになりました。

（二〇〇七年二月）

増補新版では、原作の小説『法王庁の避妊法』を書かれた篠田達明先生による『荻野久作博士について』を掲載させて頂きました。この戯曲は、言うまでもないことですが、篠田先生が『法王庁の避妊法』という素敵な小説を書いて下さらなかったら、できなかった訳で、篠田先生には、いくら感謝してもし足りないのですが、さらに重ねてありがとうございますと申し上げます。また、竹山病院や荻野久作先生の貴重なお写真をお貸し下さった、竹山病院様に、心から御礼を申し上げます。

飯島早苗（いいじま・さなえ）
脚本家。1982年、日本女子大学在学中に「自転車キンクリート」を結成。旗揚げよりほとんどの作品の脚本を担当する。近年は外部公演への執筆や、ＴＶドラマ、ラジオドラマ、映画等で、幅広く活躍している。主な著作に戯曲『ソープオペラ』『絢爛とか爛漫とか』等がある。

鈴木裕美（すずき・ゆみ）
演出家。1982年、日本女子大学在学中に「自転車キンクリート」を結成。旗揚げよりほとんどの作品を演出する。また近年は外部演出も数多く手がけている。第35回紀伊國屋演劇賞個人賞、第8回読売演劇大賞優秀演出家賞受賞。

本作品の上演に関するお問い合わせは、自転車キンクリーツカンパニー（〒150-0042　東京都渋谷区宇田川町36-22-901
☎03-5489-4434）までご連絡ください。

法王庁の避妊法　増補新版

2007年4月30日　初版第１刷印刷
2007年5月 5日　初版第１刷発行

著者　飯島早苗／鈴木裕美
発行者　森下紀夫
発行所　論創社
東京都千代田区神田神保町2-23　北井ビル
tel. 03（3264）5254　fax. 03（3264）5232
振替口座　00160-1-155266
印刷・製本　中央精版印刷
ISBN978-4-8460-0627-3